Les Fables d'Esope
Comedie
le Pautre Sculp.

LES FABLES D'ESOPE,

COMEDIE.

A PARIS,
Chez THEODORE GIRARD, dans
la grand' Salle du Palais, du côté
de la Salle Dauphine, à l'Envie.

M. DC. XC.
Avec Privilege du Roy.

A MONSEIGNEUR
MONSEIGNEUR
LE DUC
D'AUMONT,

Pair de France, Chevalier des Ordres du Roy, Premier Gentil-homme de la Chambre de sa Majesté, &c.

MONSÉIGNEUR,

Il y a long-temps que Vous me faites l'honneur de me vouloir du Bien; &

à

EPISTRE.

long-temps aussi que je cherche les oc-
casions de Vous en témoigner ma recon-
noissance. Il ne s'en est presenté aucune où vôtre Protection m'ait été necessaire que Vous ne me l'ayiez accor-
dée avec une grandeur d'Ame qui me
ravissoit, mais qui ne me surprenoit
pas. Je Vous ay veu, MONSEI-
GNEUR, me tendre genereusement
la Main, pour me faciliter les moyens
de m'approcher de Vous : & loin de
Vous prévaloir de l'intervale qui est
entre Vous & moy, avoir la bonté de
faire Vous-même des pas de mon côté
pour en diminuer l'étenduë. Que ces
Manieres sont belles ! & qu'elles distin-
guent bien les-Grands qui le sont par
la Naissance d'avec ceux qui ne le
sont que par la Fortune. Voila,
MONSEIGNEUR, ce qu'on ap-
pelle l'infaillible voye de se rendre
Maître de tous les cœurs : & s'il
m'est permis de citer la Fable dans
une Lettre où je ne veux dire
que des Veritez, Esope, l'incomparable Esope ne connoît de veritable No-

EPISTRE.

bleſſe que celle en qui l'on remarque une veritable Honnêteté. Le mot d'in-comparable qui m'eſt échappé pour ac-compagner le nom d'Eſope n'a peut-être jamais été mis plus juſtement : les Sie-cles qui luy ont ſuccedé, & qui luy ſuccéderont juſqu'à la diſſolution des Siecles mêmes, luy rendront la juſtice qui luy eſt dûë ; & tant qu'il y aura de la Droiture ſur la Terre il eſt ſeur d'en attirer la veneration. Quel Hom-me a jamais été plus habile dans la Science des Mœurs ; & qui jamais a imprimé une plus grande haine pour le Vice, & un plus grand amour pour la Vertu ? Créſus à qui autrefois Eſope dedia ſes Fables luy-même, en fit tant d'eſtime que pour en éterniſer le Merite il luy fit ériger une Statuë d'Or : Et l'une des plus delicates Plumes de France, qui leur a donné plus de re-putation qu'elles n'en avoient, les ayant Dediées à l'Auguſte Fils du Monarque le plus Auguſte du Monde, j'ay crû, MONSEIGNEUR, que de ſi grands Exemples pouvoient autoriſer

EPISTRE.

la liberté que j'ose prendre de vous
presenter le même Esope sous un habit
different. Ce que j'offre à Vôtre Grandeur n'a ny la Beauté de l'Original,
ny les Graces qu'une si excellente Cop-
pie semble y avoir ajoûtées ; & quelque grand qu'ait été le succez de mon
Ouvrage je ne l'aurois trouvé ny digne
de Vous ny digne de mon zele sans
l'Approbation que vous avez eu la
bonté de joindre à tous les Applaudis-
semens qu'il a receus. L'honneur que
Vous luy avez fait, MONSEI-
GNEUR, de luy accorder vôtre
Suffrage le fait aspirer à la gloire de
vôtre Protection : Il est naturel à celuy qui luy a donné le jour de chercher à luy procurer une heureuse Destinée ; & sur qui puis-je jamais jetter
les yeux qui soit en état de luy faire
plus de plaisir, & qui ait plus de
plaisir quand il en peut faire ? Rien
ne manquera à son bonheur si Vous
avez la bonté d'en vouloir être l'Appuy : Et pour moy, MONSEI-
GNEUR, tous mes Vœux seront

remplis si à tant de Graces dont je
vous suis redevable, Vous ajoûtez,
celle de me croire, avec le zele le
plus ardent & le plus respectueux qui
ait jamais été,

MONSEIGNEUR,

DE VÔTRE GRANDEUR,

Tres-humble, tres-obeïssant,
& tres obligé Serviteur,
BOURSAULT.

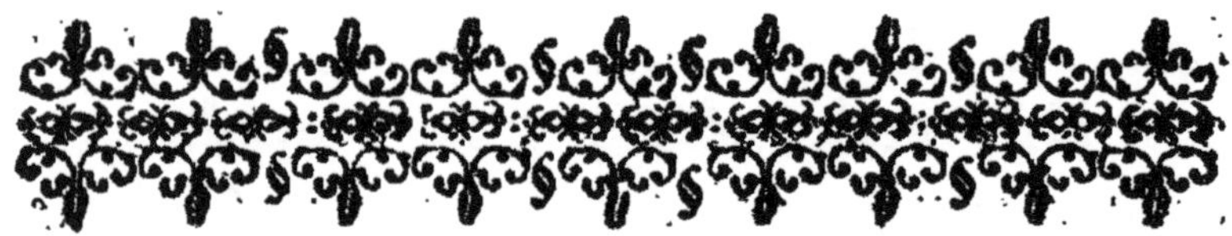

PREFACE NECESSAIRE.

LE ſuccez que cet Ouvrage a eu ſemble le juſtifier aſſez ; & ce ſeroit mal reconnoître les Obligations que j'ay à la Voix publique de douter qu'il n'y ait du bon, puis qu'elle y en a trouvé. Le meilleur témoignage que j'en puiſſe rendre eſt l'empreſſement qu'on a eu, non ſeulement de le voir, mais de le voir pluſieurs fois : Et comme toutes les Regles du Théatre n'ont jamais eu d'autre but que celuy de plaire, je croi les avoir ſuffiſamment obſervées puis qu'il y a peu de Perſonnes à qui je n'aye plû. Je dis peu de Perſonnes, car il y en a toûjours quelques unes qui mettent toute leur étude à ſe diſtinguer, & qui font conſiſter tout leur eſprit à le faire paroître ſingulier. Si c'eſt en avoir beaucoup de remarquer des fautes dont le Public ne s'apperçoit pas, c'eſt ne l'avoir pas trop raiſonnable de vouloir reſiſter au Torrent ; & je prendrois le party de ne pas dire mon ſentiment, quelque bon qu'il me parût, ſi je le voyois oppoſé à celuy de tout le Monde. Non que je ſois aſſez te-

PREFACE.

meraire pour me perſuader ſottement que
cette Piece ſoit exempte de fautes : je les
connois auſſi bien que qui que ce ſoit ; &
pour dire quelque choſe de plus je les ay
même connuës en les y mettant, & n'ay
pas laiſſé de les y mettre, parce que j'aurois crû en faire une plus grande de les
en ôter. Quelque injuſtice qu'on me puiſſe
faire je ſuis ſeur qu'on ne men fera pas aſſez
pour s'imaginer que je n'aye pas ſçû que
du temps d'Eſope il n'y avoit ny Huiſſiers,
ny Procureurs, ny Conſeillers-Gardenottes,
ny Preſidens au Mortier ny Ducs & Pairs ;
ou que s'il y avoit pour le Peuple des
Charges à peu prés ſemblables, & pour
les Perſonnes de Qualité des Dignitez équi-
valentes, c'étoit ſous des noms differens :
Mais de quel fruit auroit été la Morale in-
genieuſe & divertiſſante dont cette Piece
eſt remplie ſi je m'étois ſervy de noms &
de termes inconnus ; & comment aurois-
je pû faire ſentir ce qu'on auroit eu beaucoup de peine à connoître ? Je ſçay qu'en
ce temps-là il n'y avoit point de Libraires
qui vendiſſent des Livres deffendus dans
l'arriere Boutique, ny qui contrefiſſent ceux
de leurs Confreres : mais comme toute la
vigilance d'un Magiſtrat auſſi équitable
qu'auſtere ne peut ſi bien abbattre cette
Hydre qu'il n'en paroiſſe toujours quelque

á iiij

PREFACE.

Tefte, Efope ayant été l'un des plus raifon-
nables hommes du Monde , & la raifon
étant de tous les Païs , & de tous les
Temps , s'il n'eft pas vray qu'il ait dit ce
que je luy fais dire, il eft au moins vray-
femblable qu'il n'auroit pas manqué de le
dire fi ce defordre eût été de fa connoif-
fance. Et cela fuffit.

Cette Comedie , à ce que difent les
Gens finguliers dont j'ay parlé, n'a pas un
affez grand Nœu , ny affez de jeu de
Theatre : Et fi cette Piece à quelque
Merite c'eft juftement de là que je prétens
le tirer. Avoir pû trouver un Nœu à Efope
c'eft fans doute quelque chofe , & les
Maîtres de l'Art n'en peuvent difconvenir :
Mais avoir eu le fecret de le faire affez petit pour menager le terrain, & pour in-
troduire fur la Scene des Perfonnages
qu'on aime mieux y voir que les Perfonnages du Sujet même , c'eft à mon fens ce
qu'on en doit le plus eftimer ; ou pour
mieux dire ce qu'on en doit blâmer le
moins. Je m'en rapporte de bonne foy, à
ceux qui ont honoré cette Comedie de leur
prefence. Qu'ils difent fi les Scenes de la
Precieufe , du Païfan, de la Mere dont on
a enlevé la fille, de la Confeillere-Garde-
notte , & toutes les autres de cette nature,
qui ne tiennent au Sujet que par la rela-

tion que les Personnages ont avec Esope,
ne leur ont pas fait plus de plaisir que tout
le reste ; & si la Morale Satirique & in-
structive dont elles sont accompagnées n'est
pas ce qui les a le plus interessez ? En un
mot, cette Piece est d'un genre si different
de toutes les autres qu'il la faut regarder,
pour ainsi dire, avec d'autres yeux, & ne
pas l'ajuster à des Regles, judicieuses à parler en general, mais chimeriques dans une
espece aussi particuliere que celle-cy. Si
j'osois faire une comparaison de la chose
du monde la plus serieuse à celle qui l'est
le moins, je dirois qu'il en est des Regles
du Theatre comme des Loix de la Justice :
Les Legislateurs ont marqué les cas où
elles doivent être appliquées ; & pour lors
c'est une Leçon prescrite : mais dans des
cas qui ne sont pas tombez sous leur sens,
& que le hazard fait naître malgré toute
la prevoyance humaine, c'est à ceux qui
en sont les Juges à faire des Loix nouvelles pour les cas qui n'ont pas été préveus ;
& de même dans toutes les choses qui ar-
rivent, & qu'on n'a pas été obligé de pré-
voir. Si ces grands Genies de l'Antiquité,
je veux dire Aristote & Horace , qui ont
donné des Regles pour le Theatre, avoient
pû se figurer qu'Esope eût dû y paroître
quelque jour, ils auroient cherché tout ce

qui auroit été capable de le faire reüſſir; & puiſqu'il n'a pas moins reüſſi que s'ils m'avoient marqué le chemin que je devois ſuivre, il faut apparemment que j'aye trouvé ce qu'ils m'auroient enſeigné eux-mêmes.

Pour le jeu de Theatre je l'ay menagé autant qu'il m'a été poſſible dans le peu que le Sujet m'en a fourny; & je croy même l'avoir aſſez heureuſement diſpoſé pour y attacher l'attention de l'Auditeur juſqu'à la derniere Scene, qui eſt l'effet le plus favorable qu'on puiſſe attendre en ſemblable-occaſion. Il y a une Scene de petits Enfans qui finit le troiſiéme Acte, qui a eu aſſez de ſuccez pour meriter d'avoir des Cenſeurs. C'eſt une Fable que j'ay miſe en Action; & voicy les deffauts qu'on y a trouvez. On dit que ces Enfans ont trop d'eſprit, & qu'Eſope leur dit de trop belles choſes. C'eſt un reproche qui me fait honneur; & j'aime mieux pecher de ce côté-là que de l'autre. Mais pour répondre à une ſi foible objection il eſt conſtant, & j'en prens l'experience à témoin, qu'on voit tous les jours de petits Enfans de Qualité qui ont une ſi belle éducation que rien n'eſt plus agreable que ce qu'ils diſent: & peut-être même a-ce été à en entendre parler quelques-uns que j'ay pris le ſtile dont j'ay eu beſoin pour ceux

PREFACE.

que j'ay mis fur le Theatre. Je dois auffi
ce témoignage à la verité que ceux qui y
ont trouvé à dire ne font pas d'une Qualité diftinguée ; & comme leurs Enfans ne
parlent, peut-être pas fi bien que ceux-là,
ils ignorent ce que d'autres font capables
de dire. Pour Efope, qui ne laiffoit échap-
per aucune occafion de bien faire, & qui
aprés avoir eu la bonté de prêter l'oreille à
leur petit Different les exhorte à avoir de
l'amitié l'un pour l'autre, il n'y a rien dans
ce qu'il leur dit qui ne foit dans la Fable
que ces petits Enfans reprefentent ; &
je confens volontiers que ce que je feray
à l'avenir foit expofé à une pareille cenfure,
à condition d'un même fuccez.

Quelque grand qu'il ait été j'avoüe que
j'ay tremblé plus d'une fois, & que s'il y
a de la gloire à acquerir à mettre quelque
chofe de nouveau au jour, il y a beaucoup
de danger à craindre. Le Peuple qui s'attendoit à voir une Comedie ordinaire qui
d'intrigue en intrigue & à la faveur de
quelques plaifanteries va infenfiblement à
la fin de fon fujet, fut furpris d'entendre
des Fables, à quoy il ne s'attendoit pas,
(car cette Piece n'avoit été promife que
fous le nom d'Efope) & ne fceut d'abord
de quelle maniere il devoit les recevoir:
mais quand il comprit le fens qu'elles ren-

PREFACE.

fermoient, & qu'il vid toute l'étenduë de
leur application il fe voulut mal de l'in-
juftice qu'il m'avoit renduë ; & fes applau-
diffemens furent, fi j'ofe me fervir de ce
terme, comme la reparation de fon murmure : ainfi j'ay tous les Sujets imagina-
bles de m'en loüer, & je n'en ay aucun de
m'en plaindre.

Ce qui m'a paru de plus dangereux dans
cette entreprife, ç'a été d'ofer mettre des
Fables en Vers aprés l'illuftre Monfieur de
la Fontaine, qui m'a devancé dans cette
Route, & que je ne prétens fuivre que de
trés-loin. Il ne faut que comparer les fien-
nes avec celles que j'ay faites pour voir que
c'eft luy qui eft le Maître : les foins inuti-
les que j'ay pris de l'imiter m'ont appris
qu'il eft inimitable ; & c'eft beaucoup pour
moy que la gloire d'avoir été fouffert où
il a été admiré.

Fautes furvenuës en l'Impreffion.

Pages.	Vers.	Fautes.	Corrections.
7.	21.	Et par	Et va par
11.	17.	nos	vos
33.	5.	Je dors, je boy.	Je dors comme je boy.

Le prix eft de quinze fols en parchemin.

LE

LE POUVOIR DES FABLES.

PROLOGUE.

AUtrefois dans Athene un fameux Orateur
    Zelé pour la Cause Publique,
Craignant pour sa Patrie un extrême malheur
    Mit en œuvre sa Rethorique ;
    Et pour émouvoir l'Auditeur
    Fit un Discours fort pathetique.
    Mais le Peuple qui l'écoutoit
    Immobile comme une Souche,
Ne fut non plus touché de ce qu'il débitoit
    Que s'il n'eût pas ouvert la bouche:
    Chagrin du peu de progrez
    Que faisoit son Eloquence,

L'Anguille, ajoûta-t-il, l'Hyrondelle & Cérés
    Firent un jour connoissance.
    En voyageant toutes trois
Un fleuve impetueux s'oppose à leur passage ;
L'Hyrondelle en volant, & l'Anguille à la nage,
Le passerent sans peine, & l'auroient fait vingt fois.
Et Cerés ? dit le Peuple en élevant sa Voix :
Vous avez fait passer l'Anguille & l'Hyrondelle,
Monsieur le Philosophe en vous remerciant :
    Mais Cerés, que devint-elle ?
Dit encor une fois le Peuple impatient.
Messieurs, dit l'Orateur, vous deffillez ma veuë
Je me suis abusé jusques à ce moment :
    La verité toute nuë
    N'a pas assez d'Enjoûment :
    Une Fable l'insinuë
    Bien plus agréablement.

E

Meſſieurs les Auditeurs, qui par vôtre ſuffrage
Rendez bon ou mauvais le Deſtin d'un Ouvrage,
Celuy qui va paroître eſt d'un genre nouveau :
S'il vous bleſſe il eſt laid, s'il vous plaît il eſt beau.
Eſope, ſi connu par ſes ſçavantes Fables,
Fut jadis condamné par des Juges coupables :
Mais ceux qui de ſon ſort decident aujourd'huy
Ont trop d'intégrité pour s'armer contre luy.
Il ne vous dira point de ces Quolibets fades,
Qui ne ſont de bons mets que pour des goûts
    malades :
Par les Fables qu'il cite en differens endroits
Il ſe montre à vos yeux tel qu'il fut autrefois.
Peſez-en le merite en Juges équitables :
Vous le méconnoîtriez s'il ne diſoit des Fables :
Et vous auriez dans l'ame un ſenſible dépit
De le voir par ſa Boſſe, & non par ſon Eſprit.

ESOPE,

COMEDIE.

PERSONNAGES.

ESOPE.
LEARQUE, Gouverneur de Sizique.
EUPHROSINE, Fille de Learque.
AGENOR, Gentilhomme de Lesbos, Amant
d'Euphrosine.
DORIS, Confidente d'Euphrosine.
HORTENSE, Fille entestée de son Esprit.
DEUX DEPUTEZ de Sizique, tous deux
fort vieux.
PIERROT, Paysan d'auprés de Sizique.
AGATON, petit Garçon fort beau, fils de
Learque.
CLEONICE, petite Fille fort laide, sœur
d'Agaton.
Mr DOUCET, Genealogiste.
AMINTE, Mere d'une fille enlevée.
ALBIONE, Veuve d'un Conseiller-Notaire.
COLINETTE, Femme de Pierrot.
Mr FURET, Huissier.
DEUX COMMEDIENS.
UN MAISTRE D'HOSTEL.
UN SOMMELIER.
UN LAQUAIS.

La Scene est à Sizique.

LES

LES FABLES D'ESOPE,

COMEDIE.

ACTE PREMIER.

SCENE PREMIERE.

LEARQUE, EUPHROSINE, DORIS.

LEARQUE.

ENFIN ce grand Esprit que je brûlois de voir,
L'incomparable Esope est icy d'hier au soir.
Tu le vis à loisir, nous soupâmes ensemble :
Ne me déguise rien, dy moy ce qu'il t'en semble.
Ne le trouves-tu pas un aimable homme ?

EUPHROSINE.

Moy ?

LEARQUE.

Oüy.

EUPHROSINE.

Je n'en connois point qui luy reſſemble.

LEARQUE.

Et toy

Comment le trouves-tu ? je te croi délicate.

DORIS.

Et ne voulez-vous point, Monſieur, que je le flatte?

LEARQUE.

Dis la verité pure, autrement ne dis mot.

DORIS.

Vous le ſouhaitez ?

LEARQUE.

Oüy.

DORIS.

C'eſt un vilain Magot,

Franchement.

LEARQUE.

Quoy ! friponne, eſtre aſſez arrogante...

DORIS.

Si cela vous déplaiſt, ſouffrez donc que je mente.
Me voila toute prête à dire qu'il eſt beau ;
Que c'eſt, ſi vous voulez, un Adonis nouveau ;
Qu'à le voir ſans l'aimer, c'eſt en vain qu'on tra-
   vaille ;
Qu'il n'eſt pas dans le monde une plus riche taille ;
Que du haut juſqu'au bas tout m'en paroît char-
   mant ;
Mais ce ſera, Monſieur, mentir impudemment ;
Et jamais au menſonge on ne m'a veü de pente,
Quoy que vice ordinaire à toute Confidente.

LEARQUE.

Il ne te plaiſt donc pas ?

DORIS.

O que pardonnez moy,
Je ris incognito d'abord que je le voy ;
Je ne puis m'en tenir quelque effort que je faſſe :
Il n'eſt point de laideur que ſon muſeau n'efface :

Et le reste au visage est si bien assorti
Qu'il n'a membre en son corps qui ne soit mal bâti.
Celuy qui le forma choisit un sot modele.

LEARQUE.

S'il luy fit le corps laid, il luy fit l'ame belle.
Plust aux Dieux, tel qu'il est, qu'Euphrosine luy
  plût !

EUPHROSINE.

Et si je luy plaisois quel seroit vostre but,
Mon Pere ?

LEARQUE.

    Ignores-tu jusqu'où va ma tendresse,
Et combien dans ton sort ton Pere s'interesse ?
Jamais aucun plaisir ne m'a semblé si doux,
Que celuy que j'aurois de le voir ton Epoux.

EUPHROSINE.

Mon Epoux, juste Ciel ! que venez-vous de dire ?

DORIS.

Bon ? ne voyez-vous pas qu'il nous veut faire rire ?

LEARQUE.

Esope, selon toy, n'est donc pas son fait ?

DORIS.

                     Non.
Pour épouser un Singe il faut estre Guenon.
Car entre nous, Monsieur, Esope est un vray Singe,
Celuy qui vous est mort, quand il avoit du linge,
Un juste-au-corps, des gands, & son petit chapeau,
Au gré de tout le monde étoit beaucoup plus beau ;
Et s'il faut qu'à vos yeux mon cœur se dévelope,
Je l'aurois épousé plus volontiers qu'Esope.

LEARQUE.

S'il faut estre animal pour meriter ta foy,
Le Singe que j'avois étoit digne de toy.
Pour moy que l'esprit charme en quelque endroit
  qu'il brille,
Je ne tiens point Esope indigne de ma Fille.

DORIS.

Et quel diantre d'esprit trouvez-vous donc qu'il ait?

LEARQUE à *Euphrosine*

Ecoute. En peu de mots en voicy le Portrait.
Il est laid; mais croy moy, c'est une bagatelle:
Un homme est assez beau quand il a l'ame belle;
Et dans le plus bas rang comme dans le plus haut,
Toujours celle d'Esope a paru sans deffaut.
Crésus à qui le Ciel fit un si beau partage
Qu'une Richesse immense est son moindre avan-
    tage;
Crésus, le plus heureux de tous les Potentats,
Se repose sur luy du soin de ses Etats.
Dans un Poste si haut à quoy crois-tu qu'il pense?
A vivre dans le faste, & parmi l'opulence?
A bâtir sa Maison des dépoüilles d'autruy?
Il sert le Roy, le Peuple, & ne fait rien pour luy.
Au riche comme au pauvre il tâche d'estre utile;
Et depuis quatre mois qu'il va de Ville en Ville,
Il enseigne aux Petits à faire leur devoir,
Et tempere des Grands l'impetueux pouvoir:
A la droite raison il veut que tout se rende;
Qn'en pere de son Peuple un Monarque commande;
Et que mourant plûtôt que d'oser le trahir,
Un Sujet se restraigne à l'honneur d'obeïr.
Comme il est dangereux d'estre trop veritable
Il se sert du secours que luy prête la Fable;
Et sous les noms abjects de divers animaux,
Aplaudit les vertus, & reprend les deffauts.
Quoi que par bienseance il ne nomme personne,
Si l'on ne se connoît au moins on se soupçonne:
Et par cette industrie, en quelque rang quon soit,
Il apprend à chacun à faire ce qu'il doit.
Voila sincerement le Portrait de son ame.

DORIS.

Que vous seriez, Monsieur, un bon Peintre de
    femme!

Vous fardez vos Portraits admirablement bien.

LEARQUE.

Quoy, ma fille foûpire, & ne me répond rien ?
Un merite fi grand ne la rend point fenfible ?

EUPHROSINE.

Mon Pere . à mon devoir il n'eft rien d'impoffible.
Mais Efope eft fi laid !

LEARQUE.

     Son efprit eft fi beau !
La raifon fur les yeux doit te mettre un bandeau ;
Et s'il faut qu'avec toy je m'explique fans feinte ,
Ce qu'il a de pouvoir me donne un peu de crainte.
Par tout où de Créfus s'étendent les Etats ,
Il dépofe à fon gré les mauvais Magiftrats.
Change les Gouverneurs , qui par coups & me-
 naces ,
Eloignez de la Cour , tyrannifent leurs Places.
Caffe les Officiers , qui pour faire les fins ,
Au lieu de cent Soldats n'en ont que quatre-vingts ;
Et de peur que la fraude à la fin ne foit fceuë ,
Ont des geus empruntez pour paffer en reveuë.
Exclud les Confeillers de donner leurs Avis ,
Quand pendant l'Audiance ils fe font endormis.
Bannit les Avocats , dont l'élegante profe
A l'art de rendre bonne une méchante Caufe.
Abolit les Brelans , ces honteux Rendez-vous ,
Où l'on tient une Ecole à dreffer des Filoux.
Deffend aux Medecins , que nos maux enrichiffent ,
De prendre de l'argent que de ceux qu'ils gueriffent.
Enfin dans cet Etat de l'un à l'autre bout ,
Efope a fans referve infpection fur tout.
Quoy que ma probité foit exempte d'atteintes ,
Peut-être contre moy luy fera-t'on des plaintes ?
Gouverneur de Sizique , où mon fort eft fi doux ,
Je joüis d'un bon-heur qui me fait des jaloux ;
Et fi jufqu'à t'aimer tu pouvois le contraindre ,
Il fermeroit la bouche à qui voudroit fe plaindre ,

A son appartement je vay voir s'il est jour ;
Sçavoir s'il est visible, & luy faire ma cour ;
Luy marquer par mon zele & par ma deference......

DORIS.

Vous n'irez pas bien loin, je le voy qui s'avance :
Quel Marmouset !

SCENE II.

ESOPE, LEARQUE, EUPHROSINE, DORIS.

LEARQUE.

J'Allois pour voir vôtre Grandeur,
Et sçavoir....

ESOPE.

Doucement, Monsieur le Gouverneur.
Dans la Place où je suis, plus fragile qu'un verre,
Je vais à petit bruit, & vole terre à terre :
Le terme de Grandeur ne fût point fait pour moy.

LEARQUE.

Eh. Monsieur, c'est un grade acquis à vôtre Employ,
Tous vos predecesseurs jusqu'au temps où nous
   sommes....

ESOPE.

Tous mes predecesseurs ont été de grands hommes,
Dont le sang, le service, & les hautes vertus,
A ne rien déguiser, meritoient encore plus.
Pour moy qu'un Sort bizare a tiré de la bouë,
Moy de qui pour un temps la Fortune se jouë,
A quoy que ce puisse estre où je sois destiné,
Je me souviens toujours de ce que suis né.
La Fortune est à craindre où manque la Sagesse.

Estre aujourd'huy Grandeur, & demain Petitesse,
Garder un long Silence aprés un peu de Bruit,
C'est le commun destin des Grands, par cas fortuit.
Tréve donc de Grandeur pour un homme si mince.

LEARQUE.

Et dequoy vous sert donc d'être auprés d'un grand
  Prince?
Si les Titres d'honneur ne vous entestent pas,
La Richesse à vos yeux doit avoir des appas :
Vous estes dans un Poste, où vous n'avez qu'à
  prendre ;
Tout l'Argent de Crésus dans vos mains se vient
  rendre ;
Tous ceux qui devant vous remplissoient vos Em-
  plois,
Quand ils les ont quittez estoient de petits Rois :
C'estoit une Fortune aussi haute que prompte.

ESOPE.

Monsieur le Gouverneur, que je vous fasse un Conte,
Je vous prie.

LA BELETTE ET LE RENARD.

Autrefois la Belette ayant faim,
Par un trou fort étroit entra dans une Grange,
    Où trouvant quantité de Grain,
Elle se croit de Nôce, & d'abord elle mange
Pour le jour, pour la veille, & pour le lendemain.
Enfin, la pance pleine, & toute rebondie,
Elle a peur d'être prise en ce flagrant délit,
Et par son entrée essayer la sortie ;
Mais elle étoit trop grosse, ou le trou trop petit.
    Un Renard sur ces entrefaites,
  Passant en cet endroit, & la voyant pâtir,
C'est en vain, luy dit-il, grosse comme vous êtes,
    Que vous esperez de sortir.

Je vous plains d'être en ce giste,
Mais il peut arriver pis,
Si vous ne rendez bien viste,
Tout ce que vous avez pris.

A l'application.

LEARQUE.
Elle est aisée à faire.
ESOPE.

Tant mieux. La verité ne peut être trop claire.
Ceux de qui la conduite, exempte de soupçons,
A qui se voüe au Prince, offre tant de leçons,
Pour s'en formaliser vont trop droit en besogne.
Pour celuy qui sur tout pince, lezine, rogne,
Qui du bien de Crésus s'attribuant le quart,
Ne manie aucun sou dont il ne prenne un liard ;
Quand il croit sa Fortune & solide & complette,
Il éprouve le sort qu'éprouva la Belette ;
Et surpris dans la Grange auprés du tas de Grain,
Il ne peut en sortir, pour en être trop plein.
Tâchons d'avoir du bien qui ne courre aucun risque.
Un grand fonds de Vertu rarement se confisque :
En faveur, en disgrace on est seur d'en joüir.
LEARQUE.
Monsieur, on est charmé quand on peut vous oüir.
Mais faisons je vous prie une petite pose.
Peut-être le matin prenez vous quelque chose :
Un Boüillon, du Caffé. Que vous plaît-il des deux ?
ESOPE.
Avez vous du Caffé qui soit bon ?
LEARQUE.
Merveilleux.
ESOPE.
Prenons-en. Ordonnez que l'on nous en appreste.
Il n'est rien de si bon contre le mal de teste.

Quand j'en prends le matin, je suis gay tout le jour,

LEARQUE.

Vous en aurez icy de meilleur qu'à la Cour :
Et dans peu de momens on va vous satisfaire.

ESOPE.

Quoy, faut-il que vous même....

LEARQUE.

        Oüy, j'y suis necessaire.

à Euphrosine.
Entretenez Monsieur, & ne le quittez pas.

SCENE III.

ESOPE, EUPHROSINE, DORIS.

ESOPE.

ME voila, sans deffence, en proye à vos appas,
Ma belle Enfant. Mon cœur a beaucoup de foiblesse ;
Un coup d'œil m'assassine, ou tout au moins me blesse.

EUPHROSINE.

Monsieur, ne craignez rien. Les Dieux me sont témoins,
Que je n'y veux donner ny mes vœux ny mes soins.

ESOPE.

J'entens. Ce n'est pas là ce qui vous inquiete.
Rarement à vôtre âge on est sans amourette.
Vous avez le cœur pris.

EUPHROSINE.

        Moy ?

DORIS.

        Ne déguisez rien.
Monsieur est honnête homme, il en usera bien :

Il peut, par le credit qu'il a sur vôtre Pere,
Donner un croc-en-jambe à l'hymen qu'il veut faire.
Oüy, Monsieur, ma Maîtresse aime depuis deux ans
Un Gentilhomme aimable & des plus complaisans ;
Jeune, galant, bien fait, s'il en est dans le monde ;
Propre en linge, en habits, grande perruque blonde ;
Enfin de la façon dont le Ciel l'a formé,
Il n'est point de mortel plus digne d'être aimé.
Monsieur le Gouverneur, que la grandeur enteste,
Aux appas de sa fille, offre une autre conqueste ;
Et veut dés aujourd'huy qu'elle applique son soin,
A donner de l'amour au plus vilain Marsoüin . . . .
Voyez la pauvre Enfant, elle s'en desespere.
Et vous êtes si bien avec Monsieur son Pere,
Qu'un mot que vous diriez, le feroit consentir
S'il veut qu'elle soit femme, à la mieux assortir ;
A luy donner au moins un homme en bonne forme :
Et non comme il veut faire une figure énorme,
Que dans sa belle humeur, la Nature en joüant,
A faite moitié Singe, & moitié Chat-huant.
L'agreable bijou qu'un mary de la sorte !
ESOPE.
Et comment nomme-t'on ce Chat-huant ?
EUPHROSINE.
Qu'importe ?
On vous en dit assez disant qu'il me déplaist.
Mon Pere au premier mot devinera qui c'est.
Ne vous informez point d'un nom qui me chagrine.
ESOPE.
Il ne faut pas toujours s'arrêter à la mine.
Par exemple :

LE RENARD, ET LA TESTE PEINTE.

Jadis un Renard affamé

Rôdant par-cy , par-là , pour faire bonne queste,
Entra dans la maison d'un Peintre renommé ,
Et trouva sous sa patte une fort belle Teste.
Une Perruque blonde , ainfi qu'a vôtre Amant ,
De l'éclat de son teint relevoit l'agrément.
O Ciel ? s'écria-t'il , qu'elle me semble belle !
    C'est grand dommage vraiment
    Qu'elle n'ait point de cervelle.

Combien devant nos yeux , qui ne s'en doutent pas ,
Sous leur grande Perruque étalent des appas
Qui de la Teste peinte étant le vrai modelle
Ont beaucoup d'apparence , & n'ont point de cer-
   velle ?
De vôtre Sexe même , & vous le sçavez bien ,
Pour paroiftre charmante on ne neglige rien :
Et quel malheur plus grand que celuy d'être belle ,
Lors qu'à beaucoup d'appas on joint peu de cer-
   velle !
Peut-être que l'Amant épris de nos attraits
Est une belle teste , à la cervelle prés :
Il plaist , il touche , il charme , à n'en voir que
   l'écorce ,
Au fond , l'efprit & luy font peut-être en divorce.

DORIS.

Je le connois , Monfieur , & dedans & dehors ;
Son efprit , j'en fuis fûre , est mieux fait que fon
   corps :
Je puis , fans le flatter , dire à fon avantage
Qu'il l'a beaucoup plus grand que tous ceux de fon
   âge.
Ce n'est pas d'aujourd'huy que j'en ay fait l'effay.

EUPHROSINE.

Ce qu'elle vous en dit eft affurément vray :
Je puis vous en parler de fcience certaine.

S'il faut nous separer figurez-vous ma peine ;
Ce sera pour mon cœur le coup le plus tuant....
ESOPE.
Vous ne voulez donc point tâter du Chat-huant ?
DORIS.
Eh fy, Monsieur ! comment voulez-vous qu'elle en
    tâte ?
Il n'est ragoût si bon qu'un tel morceau ne gâte.
C'est un mets dégoûtant qui fait bondir le cœur.
EUPHROSINE.
Direz-vous à mon Pere un mot en ma faveur ?
Puis-je l'esperer ?
ESOPE.
Oüy, je prétens faire en sorte
Que dés demain....

❧❧❧❧❧❧❧❧❧❧❧❧❧❧❧❧

SCENE IV.

ESOPE, EUPHROSINE, DORIS,
un OFFICIER.

DORIS.

Voicy le Caffé qu'on apporte.
ESOPE à *Euphrosine.*
N'en prenez-vous pas ?
EUPHROSINE.
Non.
ESOPE.
Quoy, jamais ?
EUPHROSINE.
Rarement.
ESOPE.
Prenez-en avec moy, s'il vous plaift, autrement

Il pourroit à vos feux arriver du désordre ;
Et par le Chat-huant je vous laisserois mordre.

DORIS.

Et prenez-en, Madame, au lieu d'une fois, deux,
Et garantissez-vous d'un oiseau si hideux.

EUPHROSINE.

Le Caffé me fait mal.

DORIS.

               Je boirois de l'absinte
Pour trouver à sortir d'un pareil labyrinte.

EUPHROSINE.

Que l'on m'en donne donc, puisqu'il vous plaist ainsi,
Monsieur.

ESOPE.

          La Confidente en prendra bien aussi ?
Je voy bien qu'à la joye elle n'est pas contraire.

DORIS.

Oh pour moy, volontiers, je suis fille à tout faire.

ESOPE.

Allons : à la santé de vôtre époux futur.
Vous me ferez raison que je crois ?

EUPHROSINE.

                      A coup sûr.
Vous touchez de mon cœur un endroit trop sensible
Pour vous rien refuser qui luy semble possible.
Quand vous verrez mon Pere appuyez fortement
Sur les perfections de mon premier Amant.
J'attends tout d'un secours aussi grand que le vôtre.

DORIS.

Et sur tout, pesez bien sur les deffauts de l'autre.
Faites-en un portrait vilain au dernier point,
Quoy que vous en disiez vous ne l'outrerez point.

EUPHROSINE.

Dites que le premier, digne de ma tendresse,
Est l'homme le mieux fait qu'ait veu naître la Gre-
ce.

DORIS.

Dites que le second bâty tout de travers
Est le plus laid Mâtin qu'ait produit l'Univers.

EUPHROSINE.

Persuadez-luy bien qu'Agenor, je le nomme,
A toutes les vertus qui font un honneste homme.

DORIS.

Persuadez-luy bien qu'il n'est vice si bas
Que n'ait le Godenot que je ne nomme pas.

EUPHROSINE.

Que pour l'un chaque jour renouvellant mon zele
Jusqu'au dernier soupir je luy seray fidelle.

DORIS.

Que pour l'autre, mal propre au lien conjugal,
S'il se joue à l'hymen il s'en trouvera mal ;
Et qu'il a sur le front une table d'attente
Qui de sa destinée est la preuve éclatante.
Voila ce qu'à son Pere il faut faire sçavoir.

SCENE V.

ESOPE, EUPHROSINE, DORIS, un LAQUAIS, un OFFICIER.

LE LAQUAIS.

UNe Dame est là-bas qui demande à vous voir,
Monsieur.

ESOPE.

Quelle Dame est-ce ?

LE LAQUAIS.

Une Dame qu'on nomme,

à Doris.

C'est cette Dame... & là... plus sçavante qu'un
homme ;

Dont l'esprit est si creux qu'on n'en voit point le
 fond,
Et qui ne parle pas comme les autres font.
DORIS.
Je sçay qui c'est. Sortons, rendons-luy ce service,
L'entretien d'une femme est pour elle un supplice.
Elle veut du pompeux jusqu'au moindre discours.
ESOPE.
Qu'elle entre.
Le Laquais rentre.
EUPHROSINE.
     Mon espoir est dans vôtre secours :
Vous me l'avez promis, & je le vais attendre.
ESOPE.
Allez, je feray plus que vous n'osez prétendre.

SCENE VI.

HORTENSE, ESOPE.

HORTENSE.
LA Déesse à cent voix, qui du sein d'Atropos
Sauve les noms fameux & les faits des Heros,
La Renommée, enfin, vous met en paralelle…
ESOPE *bas.*
Quel diantre de jargon celle-cy parle-telle ?
Par charité, Madame, ou daignez m'excuser,
Ou daignez vous résoudre à vous humaniser :
Vôtre stile est si haut que j'ay peine à l'entendre.
HORTENSE.
Je ne croy pas, Monsieur, que j'en puisse descendre;
Je l'ay plus de cent fois vainement éprouvé,
J'ay naturellement l'esprit trop élevé :
Vôtre peine à m'entendre est une raillerie,

Vous avez l'Intellect d'une Cathegorie....
ESOPE.
Madame, en verité ce jargon m'est suspect,
Je n'ay jamais appris ce que c'est qu'Intellect;
Et je croy fortement, tant j'ay la teste dure,
Qu'une Cathegorie est une grosse injure.
A quoy sert de parler que pour être entendu ?
Et si je vous entends je veux être pendu.
HORTENSE.
Quoy, l'Esprit le plus beau de tout nôtre hemiß
    phere
Voit de l'opacité parmy tant de lumiere !
Ce qui passe chez vous pour des obscuritez
Chez le monde poly sont des Amenitez.
Descendre d'où je suis au langage vulgaire
Est un éboulement que je ne sçaurois faire :
Le chemin m'en paroit impraticable & long.
ESOPE.
Eh de grace, Madame, à qui parlez-vous donc ?
Avant qu'un serviteur puisse vous être utile
Il luy faut plus d'un an pour sçavoir vôtre stile;
Et pour les étrangers, à parler franchement,
Nul ne peut vous entendre à moins d'un truche-
    ment.
Estes-vous mariée ?
HORTENSE.
O Ciel ! quelle demande !
Puis-je l'être ?
ESOPE.
Eh ouyda, vous êtes assez grande.
HORTENSE.
Quand les gens comme moy veulent se marier
Il leur faut même espece à qui s'apparier.
Voulez-vous qu'un Mary dans ses heures brutales
Pour transmettre aprés luy ses vertus animales,
Introduise à la vie un nombre de Marmots
Qui tiendront de leur Pere, & qui seront des sots ?

ESOPE.

Mais qui voyez-vous donc ? car c'eſt là ma ſurpriſe.

HORTENSE.

Je me tiens dans ma chambre où je me tranqui-
liſe.

J'aime mieux être ſeule , & dans l'inaction
Que de mes-allier ma converſation.
Un diſcours ſans figure eſt un mets que j'abhorre ,
Je veux de l'antitheſe ou de la metaphore ;
Des mots pleins d'énergie & d'érudition ,
Comme inintelligible , inaffectation :
J'y trouve une beauté preſque inimaginable.

ESOPE.

Voudriez-vous bien entendre une petite Fable ,
Madame ?

HORTENSE.

Volontiers. L'apologue me plaiſt ,
Quand l'application en eſt juſte.

ESOPE.

Elle l'eſt.

LE ROSSIGNOL.

UN Roſſignol inquiet & volage,
Dont le gazoüillement étoit touchant & beau ,
Ennuyé du même ramage
Voulut en apprendre un nouveau.
Il avoit pour voiſine une jeune Linotte
Qui d'un Flûteur expert recevoit des leçons ;
Et qui du flageolet imitant tous les ſons ,
Sembloit avoir appris juſqu'à la moindre notte.
Le Roſſignol perſuadé
Qu'à ſes vaſtes clartez rien n'étoit difficile ,
Apprit groſſierement un ramage guindé ,
Et de tous les Oyſeaux ſe crut le plus habile.
Mais ſon ſort fut ſi cruel

Par son imprudence extrême,
Que dans ses plus beaux airs rien n'étant naturel,
Dés qu'il vouloit siffler, on le siffloit luy-même.

Pour peu qu'à cette Fable on ait d'attention
On ne peut se méprendre à l'application.
Et comme j'apperçois de la mes-alliance
Entre vôtre merite & mon insuffisance,
Pour me faire un devoir de n'en pas abuser
Je vous laisse un champ libre à vous tranquiliser.
En s'en allant.
Chaque mot qu'elle dit m'étourdit & m'assomme.

HORTENSE.

Hé quoy, ce Mirmidon passe pour un grand Hom-
me !
Je ne puis revenir de ma perplexité :
Je l'aurois méconnu sans sa difformité.
Je ne sçay quelle étoille à mon heure premiere
Sur le cours de ma vie influa sa lumiere,
Mais je voy peu d'Esprits, à les parcourir bien,
Qui soient de l'étenduë & de l'ordre du mien.

Fin du premier Acte.

ACTE II.

SCENE I.

EUPHROSINE, DORIS.

DORIS.

EH, bons Dieux ! qu'avez-vous ? qui vous rend
éperduë ?

EUPHROSINE.

Je n'en puis plus.

DORIS.

D'où vient ? . . . .

EUPHROSINE.

Doris, je suis perduë.

DORIS.

Qu'est-ce qu'on vous a fait, & que dois-je penser ?

EUPHROSINE.

Il faudroit, que je crois, un peu me délacer.
J'étouffe.

DORIS.

Hé bien venez : ça que je vous délace.

EUPHROSINE.

Arreste. Je suis mieux ; & voilà qui se passe.

DORIS.

Courage, efforcez-vous, reprenez vos esprits.
Qu'avez-vous ?

B iiij.

EUPHROSINE.

    Ce que j'ay ? Je ne puis avoir pis.

DORIS.

Depuis si peu de temps que je ne vous ay veuë,
Vous est-il arrivé quelque affaire impreveuë ?

EUPHROSINE.

Juges-en par mon trouble & par mon desespoir,
Ou prête-moy l'oreille, & tu vas tout sçavoir.
Apprens, Doris, apprens que le fourbe d'Esope…

DORIS.

Achevez, qu'a-t'il fait le malheureux Cyclope ?

EUPHROSINE.

Loin de tenir parole, & d'être mon appuy,
Il n'a pas dit un mot qui n'ait été pour luy.
Il m'épouse demain par l'ordre de mon Pere.

DORIS.

Luy, Madame !

EUPHROSINE.

    Est-ce à tort que je me desespere ?
Parle moy nettement, nous sommes sans témoins,
Est-ce à tort….

DORIS.

    Non, Madame, on se pendroit à moins.
De vôtre desespoir quelque effet qu'on redoute,
Estre femme d'Esope est encor pis sans doute :
Et se precipiter d'un haut rocher à bas,
Est un sort moins cruel que d'entrer dans ses bras.
Comment ? Quand ce Magot, d'odieuse memoire,
A vôtre Epoux futur vous a tantôt fait boire,
C'étoit à sa santé, sans que vous le crussiez,
Que ce malin Bossu vouloit que vous bûssiez !
Il faut qu'assurément vôtre Pere radote.

EUPHROSINE.

Quel Epoux il me donne, & quel Amant il m'ôte !
Tu sçais ce qu'est Esope, & ce qu'est Agenor.

DORIS.

Belle comparaison ! c'est du fer & de l'or.

Mais Agenor aussi, dont l'amour est extrême,
N'est guere impatient de revoir ce qu'il aime :
Depuis qu'il est party pour aller à Lesbos,
De son Pere deffunt empaqueter les os,
Deux mois sont écoulez, & voici le troisiéme...

EUPHROSINE.

Qu'apperçois-je, Doris ?

DORIS.

Madame, c'est luy-même !

SCENE II.

AGENOR, EUPHROSINE, DORIS.

AGENOR.

QUoy, dans vôtre entretien avois-je quelque part
Euphrosine ?

EUPHROSINE.

Agenor ! que vous arrivez tard !

AGENOR.

Il est vray ; mais, Madame, une tempête étrange...

DORIS.

Madame est mariée, ou peu s'en faut.

AGENOR.

Qu'entens-je !
Dis-tu vray ?

DORIS.

Que trop vray.

AGENOR.

Quoy, sincerément ?

DORIS.

Oüy,

Un Rival venu d'hier, vous en sêvre aujourd'huy?
Voilà la verité toute pure.

AGENOR.

Ah, Madame !
Avez-vous pû trahir une si belle flâme ?
Avez-vous pû....

EUPHROSINE.

Calmez ces mouvemens jaloux,
Je suis dans ce malheur plus à plaindre que vous.
Lors que de trahison vôtre cœur me soupçonne,
Il ne sçait pas qu'Esope est l'Epoux qu'on me donne

AGENOR.

Esope ! Et le moyen de presumer cela ?
L'homme le plus mal fait ! le plus laid !

DORIS.

Le voilà
Il s'est rendu fameux par sa méchante mine,
On le connoît par tout.

AGENOR.

Pardon, belle Euphrosine.
Vôtre Pere, sans doute, use icy de ses droits :
Vous avez trop bon goût, pour un si mauvais choix.
Esope !

EUPHROSINE.

Tel qu'il est, il a charmé mon Pere :
Il est infatué de son esprit austere :
Ses égards vont pour luy par delà le respect.

DORIS.

Choisissez pour gemir un endroit moins suspect.
L'appareil que voilà doit assez vous apprendre,
Que les Cliens d'Esope en ce lieu se vont rendre:
Dans ce Fauteuil doüillet, vôtre Epoux prétendu,
Que de tout vôtre cœur, vous voudriez voir pendu,
Va donner audiance à qui voudra se plaindre ;
Et s'il vous apperçoit vous en devez tout craindre.
Dans vôtre appartement menez Monsieur, sans
    bruit ;

Et si vous y parlez, que ce soit avec fruit :
A soûpirer gratis on perd plus qu'on ne gagne,
Il faut aller au fait, sans battre la campagne.

EUPHROSINE.

Et si mon Pere y vient, quel sera mon dépit ?

DORIS.

L'amour que vous avez vous fait perdre l'esprit.
Avant que vôtre Pere ait ouvert vôtre porte,
Monsieur sera sorty, si vous voulez qu'il sorte :
Le petit escalier qui conduit au jardin,
Contre toute surprise offre un secours soudain ;
Allez sans hesiter où mon zele vous pousse.
Hé bien ! ne voila pas le Chat-huant qui tousse ?
Passez de ce côté de peur d'en être vûs :
L'Animal qui paroît rend tous mes sens émûs,
Il n'est pas dans le monde un plus hideux visage.

SCENE III.

ESOPE, LEARQUE, DORIS.

LEARQUE.

Doris ?

DORIS.

Monsieur.

LEARQUE.

Hé bien, ma fille est-elle sage ?

DORIS.

Fort sage.

LEARQUE.

Que fait-elle ?

DORIS.

Elle ronge son frein,
Trouve le jour obscur, quoy qu'il soit fort serain ,

A vôtre volonté tâche d'être rebelle,
Et la plus sage fille en feroit autant qu'elle.
Où diantre, je vous prie, est vôtre jugement ?

LEARQUE.

J'ay parlé, c'est assez, point de raisonnement.
Monsieur luy fait honneur. Dis encor le contraire ?

DORIS.

Moy ? non ; mais c'est, je croy, tout ce qu'il luy
    peut faire.
Monsieur a ses raisons, que je ne blâme pas ;
S'il aime ma Maîtresse, il luy voit des appas ;
Mais Euphrosine aussi n'est pas moins raisonnable,
Et Monsieur qu'elle hait est assez haïssable.
C'est une verité que je ne puis trahir,
L'una raison d'aimer, & l'autre de haïr.
Voila mon sentiment, puisqu'on veut qu'il éclate.

ESOPE.

J'ay prés de vôtre fille une bonne Avocate ?
Qu'en dites-vous ?

LEARQUE.
    Sortez, impudente.

DORIS.
                         Je sors

Mais aurez-vous raison, quand je seray dehors ?
Serez-vous moins gêné par vôtre conscience ?

ESOPE.

De l'air dont elle parle en ma propre presence,
Dieu sçait comme en secret je suis sur le tapis.

DORIS.

Je dis la verité : que diray-je de pis ?
Adieu.

SCENE

SCENE IV.

LEARQUE, ESOPE.

LEARQUE.

Sur ma parole ayez l'ame tranquile.
Je sçay qu'à son devoir Euphrosine est docile,
On l'arrache avec peine à son premier Amant.

ESOPE.

L'aime-t-elle ?

LEARQUE.

Beaucoup.

ESOPE.

Et luy ?

LEARQUE.

Pareillement.

ESOPE.

Est-il jeune ?

LEARQUE.

A peu prés de l'âge de ma fille.

ESOPE.

Riche ?

LEARQUE.

Fort riche.

ESOPE.

Noble ?

LEARQUE.

Oüy, de bonne famille.

ESOPE.

Bien fait avec cela ?

LEARQUE.

Parfaitement bien fait.

C

ESOPE.

Pourquoy trouvez-vous donc que je fois mieux
fon fait ?
C'eft changer un bon champ contre une terre en
friche.
Je ne fuis , comme on fçait , Jeune, Noble, ny
Riche.
Pour bien fait , écoutez, je fuis de bonne foy ,
D'abord qu'un enfant crie , on luy fait peur de
moy.
Qui vous peut obliger à l'effort que vous faites ?

LEARQUE.

Et comptez-vous pour rien la faveur où vous
êtes ?
Beau-pere d'un tel homme , & feur de fon credit,
Il n'eft aucun efpoir qui me foit interdit.
J'ay pour vous préferer de legitimes caufes.

ESOPE.

Fort bien. Ayez donc foin d'aplanir toutes chofes.

LEARQUE.

Je vay prés de ma fille ufer de mon pouvoir.

ESOPE.

Adieu. Qu'on faffe entrer ceux qui voudront me
voir.

SCENE V.

DEUX VIEILLARDS, ESOPE.

I. VIEILLAD.

Monfeigneur....

ESOPE.

Tout d'abord j'interomps cette phrafe

Le mot de Monseigneur demande trop d'emphase :
Pour gens faits comme moy je l'abroge.

II. VIEILLARD.

Monsieur.
Nôtre Ville demande un nouveau Gouverneur.

ESOPE.

Et la raison ?

I. VIEILLARD.

Le nôtre est devenu trop riche :
On ne peut tant gagner, à moins que l'on ne triche.
Quand il vint s'établir dans son Gouvernement,
Il avoit pour cortége un Laquais seulement,
Et pour tout équipage une méchante Rosse ;
Maintenant six chevaux font rouler son Carosse :
Il serre le bâton quand on s'adresse à luy. . . . .

ESOPE.

Passons. Tous ses pareils font de même aujour-
d'huy.
Menace-t'il ? bat-il ? sans relâche ni tréve ?

LE II. VIEILLARD.

Non, Monsieur, mais. . . .

ESOPE.

Quoy, mais ?

LE II. VIEILLARD.

Il est si gras qu'il créve :
A s'engraisser encor il applique ses soins.

ESOPE.

Un autre qui viendra, s'engraissera-t'il moins ?
Pour courir à la proye, il est le plus alaigre.
Rien n'incommode tant qu'un nouveau Seigneur
maigre ;
A chaque heure du jour vous l'avez sur les bras ;
Il le faut engraisser, & le vôtre est tout gras :
Et c'est pour le Public une chose moins aigre
D'entretenir un gras, que d'engraisser un maigre.
Qu'avez-vous à répondre à cela ?

LE II. VIEILLARD.

Nous, Monſieur?
Q uenous ne voulons plus de nouveau Gouverneur.
Fut-il encor plus gras, nous garderons le nôtre.
LE II. VIEILLARD.
Monſieur, à cette grace ajoûtez-en une autre.
Le Peuple pour ſon Prince eſt tout zele, tout feu,
Obtenez de Créſus qu'il s'en ſouvienne un peu :
Plus il eſt élevé ſur les autres Monarques,
Et plus de ſa bonté nous attendons de marques.
Auprés d'un ſi grand Roy prenez nos interêts.
ESOPE.
Voicy pour vous répondre un Apologue exprés.

LES MEMBRES ET
L'ESTOMACH.

L Es Petits ſont ſujets à des fautes extrêmes.
Un jour les Membres las de nourir l'Eſto-
mach,
Dirent que tout leur gain alloit dans ce Biſſac ;
Et croyant ſe vanger ſe punirent eux-mêmes.
Qu'il travaille s'il veut manger.
Chacun à ſon devoir ne veut plus ſe ranger :
Les Pieds ceſſent d'aller, les Mains ceſſent de
prendre ;
Et lorſque l'Eſtomach voulut les avertir,
Qu'ils ſe repentiroient de le laiſſer pâtir,
Aucun d'eux ne voulut l'entendre.
Pendant que l'on s'applaudiſſoit
D'avoir fait un ſi beau divorce,
Plus l'Eſtomach s'affoibliſſoit,
Moins les Membres avoient de force.
Enfin quand de gronder les Membres furent las,
Voulant prendre un air moins farouche,
Les Pieds ne pûrent faire un pas ,

Ny les débiles Mains aller jusqu'à la bouche :
Et manque de secours l'Estomach rétrécy,
Etant mort, par leur faute, ils moururent aussi.

A peser comme il faut le sens de cette Fable,
De bonne foy, la plainte est-elle raisonnable ?
En donnant de vos biens une legere part,
Le reste en seureté ne court aucun hazard.
Vous joüissez sans peur de vos fertiles terres ;
Elles sont à l'abry du ravage des guerres ;
Et vos riches troupeaux paissent dans vos guérets,
Comme si l'on étoit dans une pleine paix.
La Guerre en quatre jours au pied de vos mu-
    railles,
Feroit plus de dégât que cinquante ans de Tailles ;
Et de vôtre repos vos Ennemis jaloux,
S'ils ne l'avoient chez eux l'apporteroient chez
    vous.
Comme un bon Estomach, Cresus avec usure
Sur le Corps tout entier répand sa nourriture ;
Et des Membres divers infatigable appuy,
Il travaille pour eux plus qu'ils ne font pour luy.
A redoubler vos soins, ces raisons vous invitent.
Plus l'Estomach est bon, plus les Membres profi-
    tent ;
Quand il a de la force, ils sont forts, agissans ;
Et quand il est débile, ils sont tous languissans.
C'est une verité qu'on ne peut mettre en doute.

LE I. VIEILLARD.

On est plus que content pour peu qu'on vous
    écoute.
Heureux qui tous les jours a le bien de vous voir !
En se divertissant on apprend son devoir :
Ce que par l'Estomach nous prescrit vôtre Fable,
Est de tous les devoirs le plus indispensable.

Adieu. Puissiez - vous vivre encore un siecle au
    moins.

LE II. VIEILLARD.

Et puissions-nous tous deux en être les témoins.
Du meilleur de mon cœur je fais cette priere.

ESOPE.

Oh , je n'en doute point , & je vous croy sincere.
C'est sans difficulté , que dans cent ans d'icy
Vous voudriez bien me voir , & moy vous voit
    aussi.
J'en sçay qui donneroient une bien grosse somme...

SCENE VI.

PIERROT, ESOPE.

PIERROT.

TEstidié je vois bien que vous êtes mon homme.
Vous seriez un menteur si vous disiez que non :
Malgré vous , vôtre bosse enseigne vôtre nom.
Sarviteur.

ESOPE.

Avez-vous quelque chose à me dire ?

PIERROT.

Je ne sçaurois vous voir, & m'empêcher de rire.
Je n'ay vû de ma vie un plus drôle de corps.
Ce que j'ay sur le cœur je le boute dehors.
Au reste , bon vivant , tout aussi bien qu'un autre.

ESOPE.

Venons au fait. Mon temps m'est plus cher que le
    vôtre.
Voulez-vous quelque chose ?

PIERROT.

      Eh mordié, l'on sçait bien
Qu'on ne voit pas les gens quand on ne leur veut
   rien :
Voicy ce que je veux : écoutez bien.

ESOPE.

         J'écoute.

PIERROT.

J'ay, comme vous voyez, un peu d'esprit.

ESOPE.

       Sans doute.

PIERROT.

D'un Village icy-prés je suis le fin premier :
J'ay bon vin dans ma cave, & bled dans mon gre-
   nier :
J'ay des Bêtes à corne, & des Troupiaux à laine :
Et ma cour de Volaille est toujours toute pleine :
Mais tenez, franchement, j'en dis du mirlirot.
Têtidié, je suis las d'être appellé Pierrot.
J'ay dans un sac de cuir raisonnablement large,
Plus d'argent qu'il n'en faut pour avoir une
   Charge.
Enfin, bref, je veux être aprenty Courtisan :
J'ay mon cousin germain, comme moy Paysan,
Qui sortit de chez luy le bissac sur l'épaule,
Des sabots dans ses pieds, dans sa main une gaule,
Et qui par la mordié fait si bien & si biau,
Qu'il est auprés du Roy comme un poisson dans
   l'iau.
Il n'est, pour bien nager, que les grandes Rivieres
Je feray nôtre femme une des Chambrieres
De la Reine.... & puis crac. Et mordié que sçait
   on ?
Vous qui du Roy Cresus êtes le Factoton,
Je vous prie, en payant, de me rendre un sar-
   vice ;
Car chez vous autres Grands, point d'argent, point
   de Suisse.

                        C iiij

Choisissez-moy vous-même une Charge.
ESOPE.

A vous ?
PIERROT.

Oüy.

A vôtre aise, demain, si ce n'est aujourd'huy.
Prenez-en une. . . . . qui soit bien mon affaire,
Qui rapporte biaucoup, & qui ne coûte guere.
ESOPE.
Quelle Charge à la Cour vous est propre ?
PIERROT.

Et mordié !
Qu'importe ? Connêtable, ou bien Valet de Pié.
Vingt francs plus, vingt francs moins, que rien ne
vous empêche.
Je ne sçay ce que c'est que de faire le blêche.
Qui dira le contraire en a, mordié, menty,
Et voila, palsandié, comme je suis bâty.
ESOPE.
Eh, Monsieur le Manan, apprenez-moy, de gra-
ce,
Puisque vous êtes bien, pourquoy changer de pla-
ce ?
Pourquoy vous transplanter & sortir de ces lieux ?
PIERROT.
Pardié, si je suis bien, c'est pour être encor
mieux.
ESOPE.
Fort bien ; c'est raisonner, & j'aime qu'on rai-
sonne :
Voyons si dans le fond vôtre raison est bonne.
Vous dites que chez vous rien ne vous manque ?
PIERROT.

Non.

ESOPE.
Vous avez de bon vin ?

PIERROT.

Oüy, têtidié, fort bon.

J'en trinque? ....

ESOPE.

Vous mangez sans nulle défiance?
Sans d'aucun heritier craindre l'impatience?

PIERROT.

Oüy, pardié.

ESOPE.

Vous dormez sans trouble & sans effroy ?
Tant qu'il vous plaist ?

PIERROT.

Mordié, je dors, je boy :
Tout mon soû.

ESOPE.

Vous avez quelques amis sinceres ?

PIERROT.

Je le sommes tretous, je vivons comme freres,
Quand l'un peut sarvir l'autre, il n'y manque ja-
    mais,
Et si j'avons du bien je le mangeons en paix.
Les Fêtes sous l'ormiau j'allons joüer aux quilles,
Ou bien j'allons sur l'harbe avec les jeunes filles,
Et je batifolons tant que dure le jour.

ESOPE.

Et tu veux acheter une Charge à la Cour !
Où peux-tu rencontrer une plus douce vie ?
Tu manges, bois, & dors quand il t'en prend en-
    vie :
Et je sçay force Gens de grande qualité,
Qui n'ont pas à la Cour la même liberté.
Il n'est point là d'amy dont on ne se défie ;
On n'y boit point de vin que l'on ne falsifie ;
Quelque pressant besoin qu'on ait d'être repû,
On n'y sçauroit manger sans être interrompu ;
Et quand de lassitude en soy-même on sommeille,
Quelque peine qu'on souffre, il faut souvent qu'on
    veille.

Préfere ton repos à tout cet embarras,
Et sois sage du moins comme un de ces deux Rats.
Ecoute.

LES DEUX RATS.

UN Rat de Cour, ou si tu veux, de Ville,
    Voulant profiter du beau temps,
S'échappa du Celier qui luy servoit d'azile,
    Et fut se promener aux champs.
Comme il respire l'air dans un sombre boccage,
    Il rencontre un Rat de Village,
    D'abord bras dessus, bras dessous:
Aprés s'être bien dit serviteur, moy le vôtre,
    Le Rat campagnard pria l'autre
D'aller se rafraîchir dans quelqu'un de ses trous.
    Là le Villageois le regale,
      De Raisins, de Pommes, de Noix;
      Mais quoy que son zele étale,
      Rien ne touche le Bourgeois;
      Et pour un Rat d'un tel poids,
      Cette vie est trop frugale.
Venez vous-en, dit-il, me voir à vôtre tour;
      Je veux avoir ma revanche,
      Et vous régaler, Dimanche;
Je loge en tel endroit, proche un tel carrefour.
Le sobre Rat des champs, qui du bout d'une
    Rave
Dînoit assez souvent, & ne dînoit pas mal,
      Trouve l'autre dans la cave
      D'un gros Fermier General.
Huile, Beure, Jambons, petit Salé, Fromage,
      Tout y regorge de bien:
Et ce qui pour le Maître est un grand avan-
    tage,
Cela ne coûte guere, ou pour mieux dire, rien.

Nos deux Rats étant à même,
    A voient de quoy se soûler :
Mais un Chat par malheur s'étant mis à mioler,
Ils se crûrent tous deux dans un danger ex-
    trême.
        Le péril étant passé,
        Ils revinrent à leur proye ;
Mais leur repas à peine étoit recommencé,
        Qu'on revient troubler leur joye :
        Tantôt c'est un Sommelier,
Qui veut boire bouteille avec ses Camarades ;
        Et tantôt un autre Officier
        Veut de l'huile pour ses salades.
Enfin le pauvre Rat, qui dans son cher Hameau
Passoit ses heureux jours sans crainte & sans
    envie,
        Las de voir qu'à chaque morceau
        Il soit en danger de la vie ;
Prend congé de son Hôte, en luy disant ces
    mots :
        Vos mets ne me touchent guere :
        Peut-on faire bonne chere
        Où l'on n'a point de repos ?

Ne m'avoûras-tu pas que ce Rat fut fort sage,
De vouloir promptement regagner son Village ?
De quoy sert l'abondance au milieu du danger ?
Il avoit force mets, & ne pouvoit manger.
Ton sort sera pareil, si tu prens une Charge.
            PIERROT.
Aprés ce que je sçay, mordié je m'en gobarge.
Moy, donner de l'argent, je serois un grand fou,
Pour n'oser ny manger, ny dormir tout mon soû !
Pour ne boire jamais que du vin qu'on frelate !
Pour être jour & nuit comme un Chat sur ma
    patte !

Pour avoir des Amis, qui font de vrais Judas !
Nenny, mordié, nenny, je ne m'y frotte pas.
C'eſt avoir de l'eſprit de donner une ſomme,
Pour manger à ſon aiſe, & dormir d'un bon ſomme ;
Mais dépenſer ſon bien pour acheter du mal,
Reverence parler, c'eſt être un animal.
Tenez, ſans le plaiſir que m'a fait vôtre Fable,
J'allois être aſſez ſot pour être Connétable.
Dieu ſçait comme à loiſir je m'en mordrois les
　　doigts.

E S O P E.

Adieu. Si tu le peux ſois ſage un autre fois :
Sur tout, ne prend jamais de fardeau qui t'aſſomme.

P I E R R O T.

Têtidié, que ce Rat étoit un habile homme !
Vous êtes vous & luy, tant plus j'ouvre les yeux,
De tous les animaux ceux que j'aime le mieux.
Plaquez-là vôtre main. Si vous me voulez ſuivre,
Je m'offre de bon cœur de vous renvoyer yvre :
J'ay d'un vin frais parcé qu'on ne frelate point,
Dont je chamarerons le moûle du pourpoint.
Venez.

E S O P E.

Adieu, Pierrot. Encor un coup, ſois ſage.

P I E R R O T.

Eh mordié, que de joye auroit nôtre Village !
On n'a jamais tant ry que nous ririons tretous,
De voir un Margajat fagoté comme vous.
Stanpendant qu'à venir vôtre Eſprit ſe réſoude,
Adieu, quand vous voudrez je hauſſerons le coude.
Si je vous y tenois, je boirions à ravir.

SCENE

SCENE VII.

UN Mᵉ D'HOSTEL, ESOPE, PIERROT.

LE Mᵉ D'HOSTEL.

Monsieur, on vous attend, & l'on vient de
servir.

ESOPE.

Allons.

PIERROT.

St, ft, un mot. Comme amis l'un de l'autre,
Bûvez à ma santé, je vas boire à la vôtre,
Et par six rougebords, avalez de bon cœur,
Vous montrer que Pierrot est vôtre sarviteur.

Fin du second Acte.

ACTE III.

SCENE I.

LEARQUE, EUPHROSINE, DORIS *derriere & assez loin.*

LEARQUE *à Euphrosine.*

VOus ne meritez pas les honneſtes manieres
Qui me font avec vous abaiſſer aux prieres,
Qu'Agenor ſoit aimé, qu'Eſope ſoit haï,
N'importe ; je ſuis Pere, & veux être obeï.
A toutes vos raiſons la mienne eſt preferable.

DORIS.
Oüi, quand vôtre raiſon ſera plus raiſonnable.

LEARQUE.
Demon, né pour me nuire, apprens-moy d'où tu
   ſors :
Je t'ay fait ſatisfaire, & t'ay miſe dehors.
Je ne te veux plus voir diviſer ma famille,
Et mettre mal enſemble & le Pere & la Fille.
Qui te peut, malgré moy, faire encor revenir ?

DORIS.
Un ſot zele pour vous qui ne ſçauroit finir.
Je m'en veux mal.

LEARQUE.
Et moy, je veux mal à ton zele.

DORIS.

Je reviens en ce lieu moins pour vous que pour elle.

LEARQUE.

Pour elle ny pour moy, je ne t'y veux point voir.

DORIS.

Moy, je veux jufqu'au bout fignaler mon devoir.
Dequoy vous plaignez-vous, que de mon zele extréme
Qui vous veut obliger à rentrer en vous-même ?
Je fuis au defefpoir, & ce n'eft pas à tort,
De voir tant de vertus faire naufrage au port.
Ce n'eft point l'intereft qui vers vous me rappelle.
Reprenez vôtre argent, & laiffez-moy mon zele.
Laiffez-moy le plaifir, fans en être jaloux,
D'avoir pour vôtre Enfant plus d'amitié que vous.
Il ne s'eft jamais veu Fille mieux élevée ;
Jeuneffe fi docile, & fi bien cultivée ;
Son merite naiffant promettoit d'aller loin :
Pour tout dire en un mot, j'en avois pris le foin,
Et je féns un chagrin qui me penetre l'ame
Quand une honnefte Fille eft malhonnefte Femme.
Voila ce que fouvent caufe un Pere teftu.

LEARQUE.

Quoy, ma Fille étant Femme aura moins de vertu ?

DORIS.

Qui que ce foit, Monfieur, qui foit Femme d'E-
fope,
Il n'eft pas mal-aifé d'en tirer l'Horofcope.

LEARQUE.

Comment ?

DORIS.

Vous m'entendez. Quel befoin d'achever ?

LEARQUE.

Qu'en arrivera-t'il ?

DORIS.

Qu'en peut-il arriver ?
Je vous mets en fa place, & je vous prens pour
elle.

Si vous aviez vingt ans , & que vous fussiez belle,
Et qu'un homme bien-fait , & bien-aimé de vous ,
Vous vist donner par force un Magot pour Epoux,
Quand vous vous trouveriez un moment teste-à-
teste ,
Quelle vertu , Monsieur , ne feroit pas la beste ?
Ne nous entestons point , & parlons de bon sens.
Quoy , les gens les mieux faits ne seront pas
exempts
D'une contagion qui devient si commune ,
Et vous croyez qu'Esope aura plus de fortune ?
Quelque Femme qu'il ait , je le dis en un mot,
Si ce n'est une Sotte , il faut qu'il soit un Sot.
J'en réponds.

LEARQUE.

Aprens-moy , pernicieuse Peste ,
Si ta langue maudite a joüé de son reste ?
As-tu fait ?

DORIS.

Ouy.

LEARQUE.

Sois donc , abominable esprit.

DORIS.

Je ne sortiray point sans congé par écrit.
Je prétens que l'on sçache où mon zele m'emporte,
Et par quelle raison vous voulez que je sorte.

LEARQUE.

Parce que je le veux. Sors d'icy de ce pas.

DORIS.

Deussiez-vous me tuer , je n'en sortiray pas.
Donnez-moy vingt soufflets , c'est ce que je de-
mande :
Choisissez quelle joüe il vous plaist que je tende :
Me voila prête à tout , hors à me separer
D'une pauvre Brebis qu'un Loup veut dévorer.
Eh , Monsieur , rapellez vôtre tendresse extrême ,
Et laissez-moy . . . .

LEARQUE.

Demeure, & laiſſe-moy, toy-même.
Quelque inſolent diſcours que j'en aye eſſuyé,
Je vous la rends. Tantoſt vous m'en avez prié.
Mais à condition, c'eſt moy qui vous l'impoſe,
Que pour l'amour de moy vous ferez quelque cho-
ſe.
Eſope, qui demain doit être vôtre Epoux,
N'eſt qu'à demy content, s'il ne vous tient de vous :
Il vous doit venir voir, aſſuré par moy même,
Que vous ſerez ſenſible à cet honneur extrême ;
Et qu'en Fille bien née, & qui ſçait ſon devoir,
Vous aurez du plaiſir à le bien recevoir.
Faites-moy dire vray : le voila qui s'avance.

§ * § * § * § * § * § * § * § * § * § * § * §

SCENE II.

ESOPE, LEARQUE, EUPHROSINE, DORIS.

LEARQUE.

MA Fille vous attend avec impatience,
Monſieur. Suy-moy, Doris, & laiſſons-les
tous deux
Exprimer leur tendreſſe, & parler de leurs feux.

SCENE III.

ESOPE, EUPHROSINE.

Ils font une petite Scene muette, & font une espace de temps sans se parler.

ESOPE.

BEauté, qui dans mon cœur lancez plus d'une
    fleche,
La conversation me paroît un peu seiche.
On dit que les Amans, pour ne se rien celer,
Au défaut de la voix ont les yeux pour parler :
Et nous, pour éviter le chemin ordinaire,
Nous nous faisons entendre à force de nous taire.
Honorez, s'il se peut, Objet charmant & doux,
D'un regard plus benin vôtre futur Epoux.
Tel que vous me voyez, trente Beautez me bri-
    guent ;
Elles n'ont point d'attraits qu'elles ne me prodi-
    guent ;
Pour toute autre que vous j'ay le cœur engourdy :
Et vous me préferez un petit Etourdy....

EUPHROSINE.

S'il étoit devant vous, ce que son air inspire,
Sans doute suffiroit pour vous faire dédire.

ESOPE

Un petit Fat.

EUPHROSINE.

Monsieur....

ESOPE.

           Un petit Freluquet,
De qui tout le merite est un peu de caquet.

EUPHROSINE.

Je vais, pour repousser l'affront que vous luy
    faites,
Le peindre tel qu'il est, & vous tel que vous
    êtes.
Vous me direz aprés qui doit plaire à mes yeux.

ESOPE.

Non, naturellement je suis peu curieux.
Ne bougez. Sans orgueil on ne se fait point peindre.

EUPHROSINE.

Ce n'est pas un malheur que vous ayez à craindre.
Si l'on vous avoit peint, vous verriez d'un coup
    d'œil,
Que vous auriez grand tort d'en avoir de l'or-
    gueil.

ESOPE bas.

La petite Friponne a des raisons piquantes,
Qui pourtant dans le fond ne sont pas trop mé-
    chantes.
Voyons si de son sexe on aime constamment.
Vous me préferez donc vôtre insipide Amant ?
Vôtre Quolifichet plein de fard & de gomme ;
Qui pour toutes vertus est un beau petit homme ;
Et qui bornant ses soins à s'orner le dehors,
A l'esprit mal bâty, plus que je n'ay le corps ?

EUPHROSINE.

Pour la derniere fois, épargnez ce que j'aime :
Ce que vous offensez, m'est plus cher que moy-
    même :
Si vous continuez ces mots injurieux,
J'en sçay de plus piquans qui vous conviendront
    mieux :
Un si juste couroux n'aura point de limites.

ESOPE.

Parlons net. L'aimez-vous autant que vous le
    dites ?

EUPHROSINE.

Si je l'aime !

ESOPE.

Ecoutez, l'Hymen dure long-tems :
Quand il fait un heureux, il fait vingt mécon-
   tens.
Vous êtes dans un âge où le cœur foible & tendre,
Par un objet qui plaît est facile à surprendre ;
Mais quand c'est pour toujours qu'on se doit en-
   gager,
L'exemple que voici doit y faire songer.

L'ALLOUETTE ET LE PAPILLON.

AUtrefois une Allouëtte,
   Qu'aimoit un riche Coucou,
   Epousa par amourette
Un fort beau Papillon qui n'avoit pas un sou.
   Outre beaucoup d'indigence
   Il avoit tant d'inconstance,
Qu'il muguettoit les Fleurs, & les poussoit à
   bout.
Rien ne pouvoit fixer ny ses vœux, ny sa flâ-
   me :
   Cependant sa pauvre femme
   Avoit disette de tout.
Elle connut bien-tôt, quoy que trop tard pour
   elle,
Que lors qu'on veut s'unir pour jusques au
   tombeau,
   Un Epoux inconstant & beau
   N'en vaut pas un laid & fidelle.

Dans l'âge où me voila, je ne suis pas si fou,

Que' je ne ſçache bien que je ſuis le Coucou :
Je ſuis laid ; mais enfin , je fais une figure
Qui me vange du tort que m'a fait la Nature ;
Et quoy que mon Rival vous promette aujour-
    d'huy ,
Vous ſerez plus heureuſe avec moy qu'avec luy.
Peſez ce que je dis, ſans aigreur ny rancune.

EUPHROSINE.

Il eſt vray qu'avec vous j'aurois plus de fortu-
    ne :
Mais lors qu'à l'amour ſeul un cœur eſt deſtiné,
Quand il a ce qu'il aime, eſt-il infortuné ?
Ne deſuniſſez point deux cœurs faits l'un pour
    l'autre :
Il eſt d'autres objets bien plus dignes du vôtre :
La Grandeur que je fuis ſera plus de leur goût ;
Et mon cher Agenor me tiendra lieu de tout.
Je mourrois de douleur s'il m'étoit infidelle ;
Mais pour le devenir il a l'ame trop belle :
Le plus grand des chagrins que nous puiſſions
    avoir ,
C'eſt d'être l'un & l'autre un moment ſans nous
    voir.
Vous donnez des Leçons que tout le Monde ad-
    mire :
Pratiquez le premier ce qu'on vous entend dire :
De deux jeunes Amans ne troublez point la paix ;
Et ne vous ſignalez qu'à force de bienfaits.
Quel plaiſir aurez-vous de me voir malheureuſe ?

ESOPE.

Qu'une Fille a d'eſprit quand elle eſt amoureuſe !
On ne peut s'exprimer en des termes plus doux.
Vous n'avez pas eu peur de me rendre jaloux.
En parlant d'Agenor, vous aviez des extaſes ;
Et l'amour vous aidoit à bien tourner vos phraſes.
Monſieur le Gouverneur, que je vais bien-tôt
    voir,

D v

Ne balancera point à faire son devoir.
Je vous ay prés de luy déja rendu service :
Je vous promets encor un aussi bon office.
Vous verrez quel Amant vous sera reservé.

EUPHROSINE.

Et moy, qui vous connois pour un Fourbe achevé :
Moy, qui de vôtre fraude ay sujet de me plain-
dre :
Moy, qui ne sçais qu'aimer, & qui ne sçais point
feindre :
Je vous declare icy qu'Agenor a ma foy ;
Que je suis toute a luy, comme il est tout à moy ;
Que toute la grandeur où le Roy vous appelle,
N'aura pas le pouvoir de me rendre infidelle ;
Et que si de mon Pere on aigrit le courroux,
J'épouseray la mort plus volontiers que vous.
Vous m'épouvantez plus qu'elle ne m'épouvante,
Adieu.

ESOPE seul.

Qui le croiroit ? Une Fille constante !
Quel prodige !

SCENE IV.

MONSIEUR DOUCET, ESOPE

M. DOUCET.

Monsieur, sur un avis certain,
Que vous devez icy vous marier demain ;
Je viens vous supplier de m'accorder la grace,
D'empêcher de mourir vôtre future Race ;
Et de ressusciter vos Ayeux qui sont morts,

ESOPE.

Quoy, vous faites rentrer les Ames dans les Corps?
Il faut qu'apparemment vous sçachiez la Magie.

M. DOUCET.

Non, Monsieur, mais j'excelle en Genealogie.
J'ennoblis, en payant, d'opulens Roturiers,
Comme de bons Marchands, & de gros Financiers.
Je leur fais des Ayeux de quinze ou seize Races,
Dont le Diable auroit peine à demêler les traces.
L'Or, le Gueule, l'Argent, le Sinople & l'Azur,
Me font mettre en éclat l'homme le plus obscur.
L'un sur son Ecusson porte un Casque sans grille,
Dont le Pere autrefois a porté la Mandille :
L'autre prend un Lambel, en Cadet important,
Dont on a veu l'Ayeul Gentilhomme exploitant.
Enfin ma renommée exposée aux Satires,
Par tant de Roturiers dont j'ay fait des Messires,
Pour tenir desormais des chemins differens,
Je consacre mon Art aux veritables Grands :
A la vertu Guerriere : à la haute Naissance ;
Et c'est avec plaisir par Vous que je commence.
Le Sang dont vous sortez trouve si peu d'égal.....

ESOPE.

Monsieur le Blasonneur vous me connoissez mal.
Je ne sçay d'où je sors ny quel étoit mon Pere.

M. DOUCET.

A qui manque d'Ayeux j'ay le secret d'en faire :
Et pour deux mille écus pour le prix de mon soin,
Je vous feray venir des Ayeux de si loin,
Aux grandes Actions toûjours l'ame occupée,
Que la Verité même y seroit attrapée.
Jugez de mon sçavoir : par les soins que j'ay pris
Le fils d'un Mareschal est devenu Marquis.

ESOPE.

Vous avez je l'avoüe, un talent admirable ;
Mais rien n'est beau pour moy qui ne soit veritable :

Quand on me croiroit Noble à faire du fracas,
Pourrois-je me cacher que je ne le suis pas?
Dites.

M. DOUCET.

Si l'on avoit cette delicatesse
Adieu plus des trois quarts de ce qu'on croit No-
blesse:
Il n'en est presque point, à vous parler sans fard,
Qui n'ait pour faire preuve eu besoin de mon Art.
Je sçay de gros Seigneurs qui seroient dans la crasse,
Sans la Revision que je fis de leur Race;
Où je substituay, tant mon Art est Divin,
Trois Mareschaux de Camp pour trois Marchands
de Vin.
Si pour vôtre Noblesse il vous manque des Titres,
Il faudra recourir à quelques vieilles Vitres;
Où nous ferons entrer, d'une adroite façon,
Une Devise antique avec vôtre Ecusson.
Vingt douteuses Maisons qui font dans la Province,
Pour se mettre à l'abry des recherches du Prince,
Avec cette industrie ont trouvé le moyen
De prouver leur Noblesse admirablement bien.
Vous serez Noble assez, si vous paroissez l'être.

ESOPE.

Et comment, s'il vous plaît, le pourray-je paroître?
Ay-je un exterieur qui puisse faire voir ....

M. DOUCET.

Je vous trouve l'air Noble autant qu'on peut l'avoir

ESOPE.

A moy?

M. DOUCET.

Sur vôtre front certain éclat qui brille
Montre que vous venez d'une illustre Famille

ESOPE.

Il est vray, j'ay l'air Grand ! l'Aspect noble?

M. DOUCET.

Beaucoup.

ESOPE.

Et ma Taille ? Tenez , voyez moy plus d'un coup:
Comment la trouvez-vous ? Parlez avec franchise.

M. DOUCET.

Petite , mais bien faite.

ESOPE.

Et ma Bosse ?

M. DOUCET.

Bien prise,
Et qui vous sied si bien....

ESOPE.

Il faut , en verité ,
Pour tant de flatterie être bien effronté !
Je sçay certaine Fable , où le bon sens abonde ,
Qui vient sur vous & moy le plus juste du monde.

LE CORBEAU ET LE RENARD.

UN Oiseau laid (c'est moy) qu'on nomme
  le Corbeau,
   Tenant en son bec un Fromage ,
Un Renard fin (c'est vous) pour luy tendre un
  Paneau ,
Le saluë humblement , & luy tient ce langage :
   Que vous êtes un bel Oiseau !
   Mon Dieu , l'agreable plumage !
    Je croy que vôtre ramage
    Est pour le moins aussi beau ;
Et qu'on ne sçauroit voir un plus parfait Ou-
  vrage.
Si l'on vous entendoit fredonner quelques Airs
   On envoiroit l'Aigle paître ;
   Et les Habitans des airs
   Vous accepteroient pour Maître.
Le credule Corbeau qui se laisse entêter ,
A la tentation facilement succombe :
   Il ouvre le bec pour chanter ,

D vij

Et d'abord le Fromage tombe.
Pendant qu'il en foûpire, & de rage & d'ennuy,
L'autre gaube la Prôye, & fe moque de luy.

Voila comme à peu prés , en marchant fur fa
   pifte
Feroit à mon égard le Genealogifte,
Si de fa flatterie il m'avoit infecté ;
Et que de fon venin mon cœur fût empefté.
Je dis ce mot exprés : car il n'eft point de Pefte
Qui foit plus dangereufe, & qui foit plus funefte
Que l'appas decevant, le poifon feducteur,
Que répand chaque jour la bouche d'un Flatteur.
M. DOUCET.
Il eft vray qu'un Flatteur eft un Monftre effroya-
   ble.

ESOPE.
Hé pourquoy l'es-tu donc, Adulateur au Diable?
Pourquoy? Dy.
M. DOUCET.
      Je le fuis, en mon corps deffendant:
Si je ne l'étois pas je ferois imprudent :
C'eft par ce feul endroit que les Grands s'ama-
   doüent :
Ils ne fouffrent prés d'eux que des gens qui les
   loüent :
Ils veulent qu'on appelle, & n'en font point confus,
Leurs deffauts qualitez, & leurs vices vertus :
A qui veut s'avancer c'eft la plus fûre route :
Puifque c'eft leur plaifir, qu'eft-ce que cela coûte ?
Et quand ils ont des mets fuivant leurs appetits,
Qui doit-on en blâmer des Grands ou des Petits ?
ESOPE.
S'il n'étoit des Flatteurs, que le Diable fait naître,
Les Grands qui font flattez fe pafferoient de l'être :

Et faute d'Encenſeurs pour les deffauts qu'ils ont,
Ils s'accoutumeroient à ſe voir tels qu'ils ſont.
Ils verroient bien ſouvent, par leur eſprit aride,
Qu'un Noble ſans Science eſt un Cheval ſans
    bride,
Qui n'étant retenu ny par Mord ny par Frein,
S'abandonne à ſa Fougue & prend un mauvais
    train.
Mais pour empoiſonner un jeune Gentilhomme
Que divertit la Chaſſe, & que l'Etude aſſomme,
On luy met dans l'eſprit que rien n'eſt ſi galant
Que l'innocent plaiſir de tirer en volant :
Que d'un Noble effectif c'eſt la pente ſecrette :
Que c'eſt pour les Pedans que la Science eſt faite :
Et pour toutes vertus, par la ſuite des ans
Il chaſſe, il boit, il joüe & bat des Païſans.
Ce Noble, enſevely dans un fond de Province,
A charge à ſa Patrie, inutile à ſon Prince,
Sans l'état malheureux où les Flatteurs l'ont mis,
Feroit grace aux Perdreaux, & peur aux Ennemis.
Par une indignité, qu'on peut nommer atroce,
Vous m'avez flatté, moy, juſqu'à loüer ma Boſſe :
Il faut être Corbeau pour donner là-dedans.

M. DOUCET.

J'ay crû que vous aviez la foibleſſe des Grands.
J'en ſçay de contrefaits, bien plus que vous ne
    l'êtes,
Que je vois applaudir ſur leurs Tailles bien faites.
Vingt Petits prés d'un Grand ſont vingt appro-
    bateurs.

ESOPE.

Moy qui ne flatte point, & qui hais les Flatteurs,
J'ay, pour vous obliger, un ſervice à vous rendre.

M. DOUCET.

Oh....

ESOPE.

Je vous avertis que vous vous ferez pendre.

D viij

M. DOUCET.

Moy, Monfieur ?

ESOPE.

Oüy, vous même : en propre Original.

M. DOUCET.

J'oblige tout le monde & ne fais point de mal.

ESOPE.

Ces Blafons frauduleux, ajoûtez à des Vitres,
Contre les Droits du Roy font autant de faux
　　Titres ;
Et l'intervale eft bref de Fauffaire à Pendu.

M. DOUCET.

Monfieur, peut-être ailleurs êtes-vous attendu :
Je ne vous retiens point, c'eft affez que j'obtien-
　　ne . . . .

ESOPE.

Non, mais vous craignez, vous, que je ne vous re-
tienne.

M. DOUCET.

Si vous fçaviez, Monfieur, jufqu'à quel point je
fuis . . . .

ESOPE.

Allez, je fais du mal le plus tard que je puis.
Retirez-vous.

SCENE V.

AMINTE, ESOPE.

AMINTE.

Monfieur, vous voyez une Mere
A qui l'on fait fouffrir une douleur amere.
Je ne fçaurois parler, tant je fuis hors de moy.
De grace, vengez-moy, mon cher Monfieur,

ESOPE.

De quoy ?
Qu'est-ce qu'on vous a fait ? expliquez-vous.

AMINTE.

Je n'ose.

ESOPE.

A-t'on pris vôtre bien ?

AMINTE.

Ce seroit peu de chose,
Le bien n'est pas d'un prix à causer ma douleur.

ESOPE.

A-t'on furtivement attaqué vôtre honneur ?
Répondez.

AMINTE.

Je ne puis, & cela doit suffire.
C'est vous en dire trop, que de n'oser rien dire.

ESOPE.

J'ay l'esprit un peu dur, parlez-moy sans façon.

AMINTE.

Lors que l'on se marie, à quoy s'amuse-t'on ?
Je n'avois pour tout fruit de la Foy conjugale,
Qu'une Fille, mais belle à n'avoir point d'égale :
Elle étoit à quinze ans l'objet de mille vœux.
Que c'est pour une Fille un âge dangereux !
La mienne d'un jeune homme éperdument ai-
   mée,
A l'aimer à son tour s'étant accoûtumée,
Quelques soins qu'on eût pris de la bien élever,
A consenty sans peine à se faire enlever.
Dépêchez un Prevôt avec tout son Cortége :
Déja le Ravisseur a peut-être. . . . que sçay-je ?
Ils s'aiment tendrement, ils sont seuls, sans té-
   moins.
Je tremble.

ESOPE.

A dire vray, l'on trembleroit à moins.
Mais parlons de sang-froid. Vôtre Fille enlevée,

Est-ce une verité qu'on vous ait bien prouvée ?
Il me seroit fâcheux d'agir en étourdy.

A M I N T E.

Je suis seure, Monsieur, de ce que je vous dy.
Faut-il d'autres témoins que ma douleur extrême?

E S O P E.

Il est bon, s'il vous plaît, que j'en sois seur moy-
    même.
Qui l'a vûë enlever ? Où l'a-t'on prise ? Quand ?

A M I N T E.

Je n'en ay qu'un témoin, mais il est convain-
    quant :
On ne peut contre lui donner aucun reproche.
Pour l'avoir toujours prest, je le porte en ma po-
    che.
Voyez, par ce Billet que je mets dans vos mains,
Si j'ay lieu de douter du malheur que je crains.
Lisez.

E S O P E lit.

Je suis aimée, & j'aime,
C'est je croy vous en dire assez :
Personne mieux que vous ne connoît par soy-même,
Ce que c'est que deux cœurs que l'amour a blessez.
Trois fois de vos Amans épousant la fortune,
Vous les avez suivis en tous lieux, à leur choix :
Et qui s'est, comme vous, fait enlever trois fois,
Doit bien me le pardonner une.

Diantre !

A M I N T E.

Hé bien, ce Billet parle-t'il clairement ?
Estes-vous éclaircy de la chose ?

E S O P E.

                      Oüy, vraiment.
Je trouve ce Billet assez intelligible.

A M I N T E.

AMINTE.

A ma juste douleur soyez donc plus sensible.

ESOPE.

Vous, contre vôtre Fille ayez moins de courroux :
Elle n'est point coupable.

AMINTE.

Elle ?

ESOPE.

Non.

AMINTE.

Qui donc ?

ESOPE.

Vous.

L'ECREVISSE ET SA FILLE.

L'Ecrevisse une fois s'étant mis dans la tête
Que sa Fille avoit tort d'aller à reculons,
Elle en eut sur le champ cette réponse hoan-
nête :

Ma Mere, nous nous ressemblons.
J'ay pris pour façon de vivre
La façon dont vous vivez :
Allez droit, si vous pouvez,
Je tâcheray de vous suivre.

Que pouvoit l'Ecrevisse opposer à cela ?
Ce qui touche une Fille est la Mere qu'elle a.
Combien en voyons-nous de tous rangs, de tous
âges,
Qui veulent, comme vous, que leurs Filles soient
sages,
Et qui dans les plaisirs donnant, jusqu'à l'excés,
Semblent avoir fait vœu de ne l'être jamais ?

E

L'exemple d'une Mere, en qui la vertu brille,
Est la grande Leçon dont profite une Fille.
Qu'est-ce qu'a fait la vôtre, en fuyant la vertu,
Que suivre le chemin que vous aviez battu ?
Si vous l'eussiez guidée en une bonne voye,
Elle vous y suivroit avec bien plus de joye.
Aussi loin de vous plaindre, & de vous appuyer,
C'est vous que de son crime on devroit châtier :
On ne sçauroit causer de douleurs assez amples,
A qui perd ses Enfans par de mauvais exemples.

A M I N T E.

Et qui prend dans son sort plus d'interêt que moy ?
Le danger qu'elle court me cause tant d'effroy,
Que je souhaiterois avec un zele extrême,
Au peril de mes jours l'en retirer moy-même.
La Friponne ! A son âge en sçavoir deja tant !

E S O P E.

Quand on est fils de Maître, on est bien-tôt sça-
     vant.
Pouvez-vous, dites-moy, la blâmer d'aucun vice,
Sans avoir plus de tort que n'en eut l'Ecreviffe ?

A M I N T E.

J'ay pû la marier, & ne l'ay pas voulu.

E S O P E.

Vous eussiez bien mieux fait. Elle eût bien mieux
     valu.
Ses desirs satisfaits n'auroient eu rien à faire.

A M I N T E.

Mais vous ne songez pas que je serois grand'Mere.
Je ne le cele point, je mourrois de dépit
Si quelqu'un m'appelloit de ce nom décrepit.
Grand'Mere ! Moy, bons Dieux, que personne
     n'accuse
D'avoir sur le Visage aucun appas qui s'use !
Moy, qui, graces au Ciel, ay le teint aussi frais,
Aussi beau....

ESOPE.

Je croy bien, vous le faites exprés :
Dans ce qu'on voit de vous, rien ne s'offre du vô-
    tre,
Et vôtre vrai visage est caché sous un autre.
La belle instruction que vôtre Fille avoit !
Elle vous a rendu ce qu'elle vous devoit.
Mere qui met du fard pour paroître plus belle,
Merite assurément une Fille comme elle.
Voila tout le secours que vous aurez de moy.
Adieu.

AMINTE.

De ces hauteurs, j'iray me plaindre au Roy.
Il verra mon Placet ; & sa Justice extrême....

ESOPE.

Je vais, si vous voulez, vous le dicter moy-même.

S I R E, *Dame....* Vous même y mettrez vô-
    tre nom.
Vous remontre humblement, que tant qu'elle fut
    belle
Elle fut à l'Amour si soumise & fidelle,
Que jamais à son ordre elle ne disoit non.
Que de cet heureux tems l'ame encor toute pleine,
Plus elle eut de plaisir, plus elle aura de peine,
A renoncer si-tôt à des charmes si doux :
Qu'avant que de son sort le triste cours s'acheve,
Il vous plaise ordonner à quelqu'un qu'il l'enleve ;
Elle continuëra ses Prieres pour Vous.

Vous n'avez, que je crois, autre chose à luy dire ?
Si vous le souhaitez, je m'en vais vous l'écrire.
Voyez.

AMINTE.

Adieu, Monsieur : dans mon juste courroux
J'auray plus de raison de Crésus, que de vous.

È S O P E *seul.*

Que de femmes, comme elle, injuſtement ſe flattent!
Et... mais du Gouverneur les Enfans s'entrebattent.
Ecoûtons le ſujet de leurs petits débats.

S C E N E   IV.

AGATON, *petit Garçon fort beau.* CLEONICE,
petite Fille fort laide. E S O P E.

A G A T O N.

Ouy, je le veux avoir.

CLEONICE.

Non, vous ne l'aurez-pas.

A G A T O N.

Si de nôtre querelle on apprend quelque choſe,
Nous aurons le Foüet, & vous en ſerez cauſe.

CLEONICE.

N'importe.

E S O P E.

Qu'avez-vous, les beaux Enfans?

A G A T O N.

Monſieur,

C'eſt ce petit Miroir que veut avoir ma Sœur.
Dés que j'ay quelque choſe, elle en eſt envieuſe:
Si je la contredis, elle fait la pleureuſe:
Et lors qu'on nous entend, je ſuis ſi malheureux,
Qu'ayant tort elle ſeule, on nous foüette tous
   deux.
N'eſt-il pas vray, Monſieur, que cela n'eſt pas
   juſte?

CLEONICE.

Monſieur, ſi vous ſçaviez comme il me tarabuſte!

Il est malicieux comme un petit Dragon ;
Il ne me laisse rien de ce que j'ay de bon.
Le Miroir qu'il a pris, dont la Glace est si belle,
Est à moy seule.

AGATON.

A vous ? Non pas, Mademoiselle ,
S'il vous plaît.

CLEONICE.

A qui donc ?

AGATON.

C'est à nous-deux qu'il est.

CLEONICE.

Vous me pardonnerez vous-même , s'il vous plaît.
Dés quand j'étois enfant , ma Sœur me le conserve;
Et c'est elle aujourd'huy , qui veut que je m'en ser-
ve.

AGATON.

Elle m'a dit, à moy, pendant nôtre dîné ,
Que c'étoit à nous deux qu'elle l'avoit donné.
Je m'y veux mirer.

CLEONICE.

Vous ? Vraiment , je vous admire !
Il n'est rien de si beau , qu'un Garçon qui se mire.
Fy !

AGATON.

Pourquoy , fy ?

CLEONICE.

Pourquoy ? Fy , vous dis-je.

AGATON.

Pourtant ,
On dit que mon Visage est assez ragoutant.
Si je vous ressemblois , & que je me mirasse ,
Quand je me serois vû , je casserois la Glace.

CLEONICE.

Vous croyez donc , mon Frere , avoir beaucoup
d'appas ?

AGATON.

Et pourquoy, s'il est vray, ne le croiray-je pas ?

CLEONICE.

S'il pouvoit vous venir la petite Verole !
Tenez, ma grande Sœur me garde une Pistole
Pour avoir du Ruban plus beau que celui-là,
Et je la donnerois volontiers pour cela.
Plus vous deviendriez laid, plus je serois joyeuse.

AGATON.

Vous qui ne craignez rien, vous êtes bien - heureuse.

CLEONICE.

Ne vous ay-je pas dit que c'étoit un Dragon ?
Si je ne suis pas belle, est-ce ma faute ?

ESOPE.

             Non.
Je vous trouve tous deux un charmant petit Couple.
Mais il faut l'un pour l'autre avoir l'esprit plus Sou-
ple :
Aimer bien vôtre Frere : & vous, bien vôtre Sœur.
Me le promettez-vous, mes Enfans ?

AGATON & CLEONICE.

             Oüy, Monsieur.

ESOPE.

Ecoutez bien tous deux ce que je vais vous dire.
Il faut que fort souvent ce beau Garçon se mire :
Mais plus dans le miroir il se verra d'appas,
Plus il doit prendre garde à ne les salir pas :
Des Dieux qui l'ont fait naître il gâteroit l'image :
Il faut, quand on est beau, qu'on soit encor plus
sage.
Entendez-vous, mon Fils ?

AGATON.

         Oüy, Monsieur, j'entens bien.
Je vous rends grace.

ESOPE.

       Et vous, (car je ne cele rien.)

Vous, pour qui la Nature a paru plus cruelle,
Mirez-vous : mais pour voir que vous n'êtes pas
  belle.
Si vous manquez d'attraits pour plaire & pour
  charmer,
Amaſſez des vertus qui vous faſſent aimer ;
Et par une conduite exempte de murmure,
Reparez la rigueur dont uſa la Nature.
Beaucoup de modeſtie, & beaucoup de bonté
Ont des charmes plus grands que n'en a la beauté.
Souvenez-vous-en bien, ma petite Mignonne.

CLEONICE,

Oüy, Monſieur. Grace au Ciel, j'ay la memoire
  bonne.

UNE VOIX *de derriere le Theatre.*

Agaton ! Cleonice !

AGATON.

On nous appelle.

CLEONICE.

Hé bien ?
Nous ſerons querellez.

AGATON.

Querellez ? ce n'eſt rien.
Nous craignons, vous & moy, quelque choſe de
  pire.

ESOPE.

Pour vous ſauver de tout, je vay vous reconduire :
Et ſi la Gouvernante oſe nous raiſonner,
Vous verrez de quel air je m'en vais la mener.

Fin du troiſiéme Acte.

E iiij

ACTE IV.

SCENE I.

AGENOR, DORIS.

DORIS.

N'Allez pas sottement, pardonnez-moy ce ter-
me ;
(Mais dans vôtre dessein je vous trouve si ferme,
J'apprehende si fort quelque coup de travers,
Que je ne prens pas garde aux mots dont je me
sers.)
N'allez pas irriter la douleur d'Euphrosine.

AGENOR.

Quoy, son Pere me perd : Esope m'assassine :
A me percer le cœur je les vois disposez ;
Et pendant ce temps-là j'auray les bras croisez ?
Je veux bien me contraindre à l'égard de son Pere;
Conserver du respect jusques dans ma colere ;
Et sans être emporté, ny paroître Brutal,
Montrer qu'il me prefere un indigne Rival :
Mais pour Esope, non. Quoy que j'en puisse crain-
dre,
Je ne luy promets pas de pouvoir me contraindre.
Je prétens luy parler ; & s'il en est besoin,
Aller jusqu'à l'insulte, & peut-être plus loin.

Mon ardeur outragée eſt ce que je conſulte.
DORIS.

Et que peut-on luy faire au delà de l'inſulte ?
Fût-il, plus qu'il ne l'eſt, vôtre ennemy mortel,
Je vous crois trop bon ſens pour luy faire un appel.
Eſope ſur le Pré ſeroit un beau ſpectacle !
Eloignons ſon Hymen ; formons y quelque obſtacle;
C'eſt à quoy maintenant il s'agit de penſer ;
Et non, par vos éclats, à le faire avancer.
Monſieur le Gouverneur eſt dans ſa Gallerie.
Voyez-le, parlez-luy ; ſa Fille vous en prie.
Il eſt ſeul. Son grand vice eſt d'être un peu teſtu ;
Mais vous ne ſerez pas éconduit & battu.
Tâchez à remuer ſes entrailles de Pere :
S'il ne rompt cet Hymen, faites qu'il le différe.
J'aurois, ſi j'étois homme, ou du moins je le croy,
Plus de virilité que je ne vous en voy.
Courez. Quand le temps preſſe il eſt bon qu'on ga-
  lope.
Allez le voir.

AGENOR.
J'y vais ; & delà voir Eſope.
Pour peu qu'il ſoit contraire à mes intentions,
Je ſens à le bruſquer des diſpoſitions.
Je ſçais tout ce qu'il eſt, & tout ce qu'il peut-être,
Mais de mon deſeſpoir je ne ſuis pas le maître.
DORIS.

Gardez-vous....
AGENOR.
Je feray tout ce que je te dy.
DORIS.
Eh, mon Dieu, croyez-moy ; point de coup d'E-
  tourdy.
Dequoy ſert la raiſon, à moins qu'on ne raiſonne ?
Je voy venir quelqu'un. Songez à vous.

SCENE II.

ALBIONE, DORIS.

ALBIONE.

MA Bonne,
Je viens prés d'Euphrosine implorer vôtre appuy:
Bien-tôt Femme d'Esope, elle peut tout sur luy.

DORIS.

L'infaillible moyen de tout obtenir d'elle
C'est de luy bien vanter sa conqueste nouvelle.

ALBIONE.

Esope m'a mandé de l'attendre en ce lieu.
En sortant d'avec luy, j'iray la voir.

DORIS.

Adieu.
Je vay la disposer à remplir vôtre attente.
Esope vient.

SCENE III.

ESOPE, ALBIONE.

ALBIONE.

MOnsieur, je suis vôtre Servante.
Ce n'est point compliment, c'est pure verité.

ESOPE.

Je vous en garentis autant de mon côté :

Il ne tiendra qu'à vous de me mettre à l'épreuve,
Madame.

ALBIONE.

Sçavez-vous, Monsieur, que je suis Veuve ?

ESOPE.

Non, vraiment.

ALBIONE.

Je le suis depuis prés de cinq ans ;
Et défunt mon Mary m'a laissé quatre Enfans.

ESOPE.

A voir cet air brillant, & ce riche équipage,
Vous allez convoler en second Mariage,
Apparemment ? Quelqu'un de vos yeux est blessé ?

ALBIONE.

Pardonnez - moy, Monsieur, mon bon temps est
passé.

ESOPE.

Tant-pis.

ALBIONE.

La Propreté de tout temps fut permise ;
Et si vous me voyez passablement bien mise,
Il ne faut pas, Monsieur, vous en émerveiller :
L'Epoux dont je suis Veuve étant mort Conseiller,
Je suis dans un étage à paroître plus grande,
Ou qu'une Procureuse, ou bien qu'une Marchan-
de.
Rien ne m'est plus fâcheux, que de m'encanailler.

ESOPE.

Et de quelle Acabie étoit-il Conseiller ?
Etoit - ce en Robe longue ? en Robe courte ? en
Botte ?

ALBIONE.

Non, Monsieur, il étoit Conseiller Gardenotte.

ESOPE.

La peste ! N'est-ce pas ce que vulgairement
On dit Tabellion, ou Notaire autrement ?

ALBIONE.

Oüy, Monsieur.

ESOPE.

Vertubleu ! C'est un Grade sublime.

ALBIONE.

J'ay fait ce que j'ay pû pour le mettre en estime.
Conseillere à la Cour, Presidente à Mortier,
Faisoient moins de fracas que moy dans mon quar-
tier.
Voyant à mon Epoux une somme assez grosse,
Je voulus avoir Chaise, & puis aprés Carosse ;
Et tous les Chevaux noirs n'ayant pas de grands
airs,
J'en eus de pommelez, comme les Ducs & Pairs.
Pour mon Appartement, cinq Chambres parque-
tées,
A force de Miroirs sembloient être enchantées :
Et ce qui m'en plaisoit, on n'y pouvoit marcher,
Que l'on ne se mirât encor dans le Plancher.
Ayant veu par hazard, dont je fus bien contente,
De gros Chenets d'argent chez une Presidente,
Je priay mon Mary de m'en donner d'égaux ;
Et quatre jours aprés j'en eus de bien plus beaux.
Je fus même à la Foire, où j'eus la hardiesse,
Voyant un Cabinet qu'aimoit une Duchesse,
Pendant qu'à marchander elle se dépéçoit,
De le prendre à sa barbe au prix qu'on le laissoit.
    Pour ne pas abuser de vôtre patience,
On parloit en tous lieux de ma magnificence :
Quand pour un Inventaire où mon Mary courut,
Il s'échauffa si fort qu'en trois jours il mourut.

ESOPE.

Avez-vous achevé vôtre histoire modeste ?

ALBIONE.

J'en ay dit tout le beau, j'en vais dire le reste.
Mon Epoux étant mort, ces Miroirs, ces Chenets,
Ces Chevaux, ce Carosse, & ces beaux Cabinets,

Tout

Tout cela s'en alla chez qui les voulut prendre :
J'y perdis les deux tiers, quand je les fis reven-
   dre.
Enfin, pour nous tenir toujours sur le bon bout,
Je n'ay rien ménagé, j'ay presque vendu tout :
Si bien que ce matin ayant sçû qu'à des Filles
Qui doivent leur naissance à d'honnêtes Familles,
Crésus donne une Dot pour les bien allier,
Je vous en offre deux prestes à marier.
J'attends qu'en leur faveur vôtre bouche pro-
   nonce.
Voila ce qui m'ameine.

E S O P E.

Et voici ma réponse.

LA GRENOUILLE ET LE BOEUF.

LA Grenoüille dans un Pré,
Voyant paître le Bœuf considere sa taille ;
Et la trouvant à son gré,
S'enfle, suë, & se travaille,
Pour faire aller la sienne en un même degré.
Sa Fille qui la voit faire
Luy remontre sagement,
Qu'un dessein si temeraire
Va jusqu'à l'aveuglement :
Que l'appas qui la chatoüille
Luy cache le péril de ce qu'elle entreprend ;
Et que depuis le Bœuf jusques à la Grenoüille,
C'est un intervale trop grand.
Mais contre ces raisons son orgueil se souléve :
A s'enfler encor plus elle applique ses soins :
Fait de si grands efforts, qu'à la fin elle créve ;
Et sa temerité ne meritoit pas moins.

F

Voila vôtre Portrait, & celuy de bien d'autres,
Qui n'ont pas des raifons meilleures que les vô-
    tres.
Nous fommes dans un fiecle où chacun veut s'en-
    fler.
D'une vanité fotte on cherche à fe gonfler.
La Femme d'un Sergent ne fera pas honteufe,
De porter des habits comme une Procureufe :
Celle du Procureur, pour avoir plus d'éclat,
Veut égaler, au moins, celle de l'Avocat :
Celle de l'Avocat eft affez temeraire,
Pour aller du même air que va la Confeillere :
Celle du Confeiller, par la même raifon,
Avec la Prefidente entre en comparaifon :
Celle du Préfident, fiere de fa richeffe,
A des Gens à fa fuite autant qu'une Ducheffe :
Et je ne vois perfonne en fa condition,
Qui ne veüille exceder fa fituation.
Chacun, dif-je, chacun n'a ny repos ny tréve,
Que comme la Grenoüille il ne s'enfle, & ne crè-
    ve.
De-là vient le defordre & les crimes qu'on voit :
Pour foutenir ce fafte, on fait plus qu'on ne doit.
Combien, de bonne foy, d'iniquitez atroces
Traînent des Procureurs qu'on roule en des Ca-
    roffes ?
Cet autre dans le fien, qu'on croit un bon Mar-
    chand,
En eût-il jamais eu, s'il n'eût été méchant ?
Pour montrer au Public, d'une façon galante,
Un Libraire enchaffé dans fa Chaife roulante,
Combien, *incognito*, de Livres défendus
Dans l'arriere-Boutique ont-ils été vendus ?
Combien un Financier, pour être en équipage,
De Zeros criminels remplit-il une page ?
Combien au Parlement d'Avocats de grand poids,
Pour aller à grand train vont-ils contre les Loix ?

Pour avoir un Caroſſe, & que tout y réponde,
Combien un Medecin égorge-t'il de monde ?
Et pour ces beaux Chenets, ces Miroirs, ces Che-
	vaux,
Combien feu vôtre Epoux a-t'il fait d'Actes faux ?

ALBIONE.

D'Actes faux ! Juſte Ciel ! quoy, d'un Corps qu'on
	renomme . . . .

ESOPE.

Il n'eſt rien de plus beau, qu'un Notaire honnête
	homme :
Mais dans tous les grands Corps, on a vû de tout
	tems
Se gliſſer des Fripons parmi d'honnêtes gens ;
Et quand feu vôtre Epoux auroit été Fauſſaire,
Cela ne doit bleſſer aucun autre Notaire.
Si le bien qu'il avoit eût été mieux gagné,
Il en eût ſçû le prix, & l'auroit épargné.
Les bienfaits de Créſus ne ſont point pour vos Filles,
Ce ſont pour des Enfans de meilleures Familles,
Que les Procés, la Guerre, ou d'autres accidens
Ont rendu malheureux, & non pas impudens.
Enfin, je croy ſçavoir ce que le Roy deſire ;
Et je n'ay là-deſſus autre choſe à vous dire.
Serviteur.

ALBIONE.

Sçavez-vous, petit Homme tortu,
Qui n'avez l'air, au plus, que d'un Singe vêtu. . . .

ESOPE.

Vôtre eſprit ſur ce point peut ſe donner carriere ;
Je vous offre en laideur une belle matiere :
Mais j'ay cela de bon, parmi bien du mauvais,
Que les Gens, ſans raiſon, ne m'offenſent jamais.
Vous croirez m'inſulter, & vous me ferez rire.

ALBIONE.

Pour vous faire enrager, loin de vouloir rien dire,
Je veux, d'un ſi ſot Homme, oublier juſqu'au nom.
Adieu. F ij

ESOPE *seul.*

Je suis défait d'une étrange Guenon.
Qu'heureux est le Mary, dont la Femme humble &
  sage,
Eleve les Enfans, & regle le ménage !
Mais qu'il est malheureux, lors que mal à pro-
  pos . . . .

SCENE IV.

AGENOR, ESOPE.

AGENOR.

JE vous cherche par tout pour vous dire deux
  mots.

ESOPE.

Hé bien, je suis trouvé. Qu'avez-vous à me dire !

AGENOR.

Qu'on me nomme Agenor, & ce mot doit suffire,
Vous m'entendez, je crois ?

ESOPE.

                          Oüy, j'entends vôtre nom

AGENOR.

Et vous n'entendez pas ce qui m'ameine ?

ESOPE.

                                            Non

AGENOR.

Je vay, puis qu'il le faut, tâcher à vous l'apprendre,
Monsieur Esope.

ESOPE.

            Et moy, tâcher à vous entendre,
Monsieur Agenor.

AGENOR.

J'aime ; & vous aimez aussi :
C'est l'unique sujet qui me conduit ici.
Je sçay ce que tous deux le Ciel nous a fait naî-
tre ;
Comme je me connois, songez à vous connoître ;
Je prétens d'Euphrosine être le seul captif.

ESOPE.

Moy, je veux abaisser ce ton imperatif.
Il vous sied mal. Je veux vous rendre honnête, af-
fable,
Et pour y réüssir, vous apprendre une Fable.
Ecoutez bien.

AGENOR.

De grace, évitons ce fatras :
De si fades raisons ne m'accommodent pas.
Je ne me repais point de ces vaines paroles.

ESOPE.

Un jour....

AGENOR.

Encor un coup, point de Contes frivoles.
C'est un amusement qui n'est bon qu'à des Foux.

ESOPE.

Ecoutez celui-ci, je le croy bon pour vous.

AGENOR.

Je vous ay déja dit, & je vous le repete,
Qu'une prompte réponse est ce que je souhaite.
Songez plus d'une fois qu'on me nomme Agenor.

ESOPE.

Je vous ay répondu, comme je fais encor,
Que vous parlez d'un air, s'il faut que je le nom-
me,
Qui sent le Fanfaron plus que le Gentilhomme :
Et pour vous faire prendre un ton plus adouci,
Je veux vous reciter la Fable que voici.

AGENOR.

Dépéchez donc.

LE CUISINIER ET LE CIGNE.

UN jour un Cuisinier insigne,
Qui beuvoit quelquefois un peu plus fort que
jeu,
Pour mettre la Marmite au feu,
Pensant tuer une Oye, alloit tuer un Cigne.
On ne s'est jamais vû dans un danger plus grand:
Déja le bras levé s'apprêtoit à descendre ;
Quand l'Oiseau luy fait entendre
Une voix qui le surprend :
Jamais aux bords du Méandre,
Aucun Cigne en expirant,
N'a celebré sa mort d'une façon plus tendre.
Ses chants ne furent pas vains :
Malgré l'humeur assassine
De l'Ecuyer de Cuisine,
Le Fer luy tomba des mains.
Bien vous en prend, dit-il, d'avoir un tel ra-
mage ;
Je vous méconnoissois, si vous n'eussiez chanté.
Ainsi, la douceur du langage
Est, dans l'occasion, de grande utilité :
Il semble que le Ciel en ait fait l'appanage
Des Personnes de qualité ;
Et dans un grand Seigneur, de la brutalité
Marque une Noblesse sauvage.

C'est à vous maintenant à vous faire raison :
Il faut être le Cigne, ou bien être l'Oyson.
Choisissez.

AGENOR.

    C'eſt un choix qui n'eſt pas difficile :
Je n'ay jamais receu de leçon plus utile ;
Et pour vous faire voir que j'en veux profiter,
Je vous prie un moment de vouloir m'écouter.
  J'aime, depuis deux ans, d'une ardeur tendre &
      pure,
Ce qu'ont fait de plus beau le Ciel & la Nature :
Vous ſçavez s'il eſt vray, vous qui dans un ſeul jour
Pour les mêmes appas avez pris tant d'amour.
Si dans ſi peu de temps vôtre amour eſt extrême,
Quel doit-eſtre le mien ? jugez-en par vous-même :
Et s'il faut n'aimer plus, dites, de bonne foy
Quel eſt le plus à plaindre, ou de vous, ou de moy ?
La raiſon ſur vos ſens garde un ſi grand empire
Que d'abord qu'elle parle, ils n'oſent la dédire :
Et pour m'oſer flatter d'un ſi puiſſant effort
Ma raiſon eſt trop foible, & mon amour trop fort.
Par tout où vous paſſez vous répandez des graces :
Les cœurs de tout le Peuple accompagnent vos tra-
    ces :
Faut-il que deux Amans ſoient les ſeuls entre tous
Qui refuſent leur voix aux vœux qu'on fait pour
    vous ?
Faites-vous un effort dont vous ſeul êtes digne :
Faites . . . .

ESOPE.

    Voila parler en veritable Cigne.
Voila dans ſon malheur ſe plaindre noblement.
Certes, je ſuis fâché d'aimer ſi fortement :
Je ſens je ne ſçay quoy me reprocher dans l'ame
Que j'ay tort de troubler une ſi belle flâme ;
Mais enfin, je ſuis homme ; & quoy que mal bâty,
Je ſens ce qu'en ma place un autre auroit ſenty.
L'amour que vous avez, quelque fort qu'il éclate,
N'a de plus que le mien qu'une plus vieille datte :
Et puiſqu'il faut, ſans fard, nous expliquer icy,

Ce que vous ne pouvez, je ne le puis auſſi.
J'en ſuis fâché.

AGENOR.

Monſieur, ſongez, je vous ſupplie,
A l'effort que je fais lors que je m'humilie.
Mon cœur qui juſqu'icy n'avoit jamais rampé…

ESOPE.

Vous allez faire l'Oye, ou je ſuis bien trompé.

AGENOR.

J'ay peur de faire pis, dans mon deſordre extrême,
Si vous vous obſtinez à m'ôter ce que j'aime.
Il m'eſt bien plus aiſé de renoncer au jour,
Qu'à l'adorable objet pour qui j'ay tant d'amour.
Aprés une ſi juſte & ſi douce eſperance….

ESOPE.

Et ſçavez-vous aimer avec perſeverance ?
Peut-être que l'amour, que vous croyez conſtant,
Eſt de ces feux folets qu'on ne voit qu'un inſtant.
Vos tranquiles deſirs ne trouvant plus d'amorce,
Le feu dont vous brûlez perdra toute ſa force ;
Et ce qui fut l'objet de vos tendres amours
Deviendra vôtre peine au bout de quinze jours.
Il n'eſt guere d'amour que l'hymen n'aſſaſſine.

AGENOR.

Moy, je pourrois ceſſer d'adorer Euphroſine !
Si l'hymen de ma flâme interrompoit le cours
J'y voudrois renoncer pour l'adorer toujours.
Non, non, ſur mon amour le temps n'a point d'em-
   pire :
Mon ſort eſt d'en avoir juſqu'à ce que j'expire :
Et ſi dans le tombeau tout ne finiſſoit pas,
J'aimerois Euphroſine au delà du trépas.
Il n'eſt rien qu'à ma flâme aiſément je n'immolle.

ESOPE.

Mille qui l'ont promis ont manqué de parole.

AGENOR.

Si l'on m'en voit manquer, que le Ciel en courroux

Puisse lancer sur moy ses plus rigoureux coups :
Et pour faire un serment dont je fremis moy-même,
Je consens que jamais Euphrosine ne m'aime.
Mon amour, pour changer, a fait un trop beau
   choix.

ESOPE.

Adieu : Nous nous verrons encor une autre fois.
Quelqu'un vient.

AGENOR.

            Ciel ! Je sors : mais plein d'inquietude :
Je ne puis demeurer dans cette incertitude :
Et quel que soit mon sort, dans une heure d'icy
Je me rendray chez vous pour en être éclaircy.

SCENE V.

MONSIEUR FURET, ESOPE.

Mr FURET.

JE viens de vos bontez implorer une grace,
   Monsieur.

ESOPE.

         Qu'est-ce ? Parlez. Que faut-il que je fasse?

Mr FURET.

Crésus dans son Royaume a fort peu de Sujets,
   A qui, sans vanité, soient mieux dûs ses bienfaits.

ESOPE.

Qu'avez-vous fait pour luy ? Voyons ; Je rends justice.

Mr FURET.

On ne peut faire plus pour luy rendre service.
Si les Sujets du Roy m'avoient tous ressemblé
Jamais aucun Etat n'eût été mieux peuplé :
Ses voisins trembleroient ; & pour de foibles som-
   mes

Il auroit toûjours prests quatre ou cinq cens mille
hommes.
J'ay quatorze Garçons, tous aussi grands que moy,
Et qui sont tous quatorze au service du Roy.
Assez brave autrefois, & ma femme assez belle,
Nous voulûmes au Roy témoigner nôtre zele :
Pour bien faire ma cour je ne menageay rien ;
Et ma femme eut un zele aussi grand que le mien.
Nous montrer bons Sujets étoit nôtre délice.

ESOPE.

Quatorze Enfans !

Mr FURET.
Quatorze.
ESOPE.

Et tous dans le service ?

Jamais envers l'Etat on n'en a mieux usé.
Il faut que vous soyez un Gentilhomme aisé :
Tant d'Enfans au service ont besoin d'une somme
Qui doit faire suer le plus gros Gentilhomme.

Mr FURET.

Monsieur, je ne suis pas Gentilhomme.

ESOPE.

Tant mieux:

Je n'en connois aucun qui soit pecunieux.
La Noblesse & l'argent sont broüillez, ce me semble,
A ne pouvoir jamais se bien remettre ensemble.
Qu'étes vous ?

Mr FURET.
J'ay l'honneur d'être un vieil Officier.
ESOPE.

Vous vous nommez ?

Mr FURET.
Furet.
ESOPE.

Et vous êtes ?

Mr FURET.

Huissier.

Pour le repos de l'ame il n'eſt que cet Office.
ESOPE.
Huiſſier ! Et vous avez tant d'Enfans au ſervice ?
Vous vous mocquez. Portez vos menſonges ailleurs.
Mr FURET.
J'en ay fait ſept Huiſſiers , & quatre Procureurs ;
Un , qui de la Patroüille eſt l'Archer le plus brave ;
Un Controlleur d'Exploits ; & l'autre Rat-de-
    Cave.
Onze & trois ſont quatorze , en tout pays , je croy.
ESOPE.
Ils font belle figure au ſervice du Roy !
Au Diable vos Enfans , tant ils m'ont fait de peine:
Je croyois que le moindre étoit un Capitaine ,
Et je trouve, en mon compte, une ſi grande erreur ,
Que le plus honnête homme à peine eſt Procureur.
Le bel honneur au Roy, d'avoir à ſon ſervice
Le Preſſis , l'Elixir de toute la Malice.
Mr FURET.
Creſus , dont j'ay ſur moy la Declaration ,
Quand on a douze Enfans , donne une Penſion.
J'en ay quatorze , & tous d'une Tige feconde.
ESOPE.
C'en eſt trop , des trois quarts , pour le repos du
    monde.
Il eſt vray que Creſus , Juſte en toutes ſes Loix ,
Pour ſe faire des Bras qui ſoûtiennent ſes Droits ,
Veut que de ſes bienfaits on honore les Peres :
Mais le cas , à mon ſens , ne vous regarde gueres.
Avoir beaucoup d'enfans, pour marcher ſur vos pas,
C'eſt donner à l'Etat des Mains , & non des Bras.
Je ne voy là pour vous nulle choſe à prétendre :
Le Roy ne donne rien à qui ſçait ſi bien prendre.
Mr FURET.
J'ay fait quatorze Enfans ſur la foy des Edits :
Pour le bien de l'Etat , j'ay la Goute.

ESOPE.

Tant-pis.

LES COLOMBES ET LE VAUTOUR.

UN jour les Colombes craintives
Sçachant que le Vautour vouloit se marier,
Se mirent si fort à crier,
Que le vent, jusqu'au Ciel, porta leurs voix
plaintives.
Si luy seul nous desole, & nous mange aujour-
d'huy,
Disoit, en son langage, une Colombe habile;
Quel lieu nous servira d'azile
Contre un nombre d'Enfans aussi méchans que
luy ?

S'il suffit d'un Huissier, pour vuider une bourse,
Qui pourra, contre sept, avoir quelque ressource ?
Croyez-moy, je vous prie, épargnez-vous l'affront
De vous vanter ailleurs d'avoir été fecond :
C'est un malheur public : qu'un Huissier si fertile.
Loin qu'au bien de l'Etat, vôtre Hymen soit utile,
De quantité de gens le sort seroit plus doux,
Si jadis vôtre Mere eût avorté de vous.
Je fais profession d'être franc & sincere.
Vous le voyez.
Mr FURET.
Monsieur, si c'étoit à refaire,
Crésus, tout Roy qu'il est, auroit tort aujourd'huy,
S'il attendoit de moy ce que j'ay fait pour luy.
Il s'en manque beaucoup, quoy que Sujet fidelle,
Que pour peupler l'Etat je n'aye un si grand zele.
Quand

Quand de quatorze Enfans on me doit la façon,
Un droit si bien acquis devient une chanson.
Si j'avois présumé travailler sans salaire,
Douze que j'ay de trop seroient encor à faire ;
Et je vous répons bien que s'ils n'étoient pas faits,
Ils seroient en danger de ne l'être jamais.
Adieu.

ESOPE *seul.*

Monsieur Furet s'en va l'ame offensée,
De sa fecondité si mal recompensée :
Mais l'argent de Crésus seroit mal employé,
Si de cette besogne il étoit mieux payé.

Fin du quatriéme Acte.

ACTE V.

SCENE I.

EUPHROSINE, DORIS.

EUPHROSINE.

DOris, tu me fais faire une étrange figure ;
Ma raison y répugne, & mon cœur en murmure.

Quoy, tu veux que d'Esope implorant la bonté,
Luy qui m'est odieux, luy que j'ay maltraité ;
Tu veux, dis-je.....

DORIS.

Qui, moy ? Je ne veux rien, Madame,
Je consens volontiers que vous soyez sa femme ;
Et que demain, sans faute, il vous donne la main.

EUPHROSINE.

Luy, Doris ? Ah plûtôt.....

DORIS.

Tout est prest pour demain ;
Parens, Amis, Festin : Et Monsieur vôtre Pere
Apprehende si fort qu'Esope ne diffère,
Que si hâter la chose étoit en son pouvoir,
Ce qu'il fera demain, il le feroit ce soir.
J'ay rêvé, consulté, employé tout mon zele,
Donné la question à ma pauvre cervelle,

Et je n'ay point trouvé de remede plus prompt
Qui pût de cet Hymen vous épargner l'affront.
Il faut absolument voir Esope vous-même :
Pour vous tout accorder il suffit qu'il vous aime.
Je ne voy que luy seul dont on puisse esperer
D'adoucir vôtre peine, ou de la differer.
Dites-luy qu'un seul jour est un trop foible espace
Pour chasser Agenor, & le mettre en sa place :
Et demandez du temps pour vous accoûtumer
A le voir, à l'entendre, & peut-être à l'aimer.
S'il vous en veut donner la grace est assez grande.

EUPHROSINE.

Mais je m'engage à luy, si j'obtiens ma demande.
S'il m'accorde du temps, prens-tu garde à cela ?
Je deviens sa conqueste au bout de ce temps-là.
La crainte que j'en ay me rend toute interdite.

DORIS.

N'eussiez-vous d'autre espoir que dans la mort subite ;
Outre qu'on voit souvent d'heureux coups du ha-
    zard,
Vous deviendrez sa femme au moins un peu plus
    tard :
C'est quelque chose.

EUPHROSINE.

      Helas ! que cet espoir est fade !

DORIS.

S'il étoit seulement si peu que rien malade !
J'ay, comme vous sçavez, un habile Cousin,
Homme de conscience, & sçavant Medecin,
Qui l'envoiroit bien-tôt *ad patres*.

EUPHROSINE.

      Quelle attente !

DORIS.

Je fais ce que je puis. J'imagine, j'invente ;
Je promene par tout mon esprit & mes yeux :
En un mot, comme en cent, je ne puis faire mieux.

Et pour tout dire, enfin, je fais plus, ce me semble,
Qu'Agenor, ny que vous, ny que tous deux ensem-
ble.
Pour sortir d'un tel pas on se demene encor.

EUPHROSINE.

Que veux-tu que je fasse, & que fasse Agenor ?
Nous mettons tout en œuvre, & tout nous est
contraire :
Agenor est encor aux genoux de mon Pere ;
Et pendant que, peut-être, on méprise ses vœux,
Je viens chercher Esope, & fais ce que tu veux.
Tu fais beaucoup pour nous, je le sçay bien.

DORIS.

J'enrage.

Je voudrois de bon cœur faire encor davantage :
J'ay du zele de reste, il me faudroit du temps.

EUPHROSINE.

Celuy que je viens voir sçait-il que je l'attens ?

DORIS.

Oüy, Madame, il le sçait.

EUPHROSINE.

Et que ne vient-il viste ?

Du chagrin que j'auray je voudrois être quitte,

DORIS.

Quelques gens à sa porte attendoient à le voir :
Mais pour tarder long-temps il sçait trop son de-
voir ;
Et dans l'empressement de dire qu'il vous aime…
Tenez, je croy l'entendre. En effet, c'est luy-même.

SCENE II.

ESOPE, EUPHROSINE, DORIS.

ESOPE.

JE viens vous faire excuse, & vous crier mercy,
De ce que, malgré moy, vous m'attendez icy.
Voyez si par mes soins, & par quelque service
Je puis de cette faute adoucir l'injustice.
Je voudrois que déja nous fussions à demain,
Pour avoir le plaisir de vous donner la main.
Ne vous semble-t-il pas, si vous y prenez garde,
Que le jour se prolonge, & que la nuit retarde ?
Vous ne répondez rien.

DORIS.

Il est vray. Mais, Monsieur,
On ne peut, à son âge, avoir trop de pudeur.
Elle vient vous prier d'une petite grace.

ESOPE.

Commandez. Je suis prest : Que faut-il que je fasse ?

DORIS *à Euphrosine.*

Dites donc quel dessein conduit icy vos pas.
Expliquez-vous.

EUPHROSINE.

Monsieur . . . Je ne vous aime pas :
Si je parle autrement, il faudra que j'impose.

ESOPE.

J'en avois entreveu quelque petite chose :
Mais comme assez souvent on aime à se flatter ;
Sans ce nouvel aveu j'en aurois pû douter.
Je vous suis obligé de ce qu'il vous en coûte
Pour me tirer de peine, & pour m'ôter de doute.
Jusqu'au nœud conjugal je fais peu de progrés ;

Mais ce qu'on perd devant, on le recouvre aprés.
L'Hymen sçait embellir les sujets qu'il assemble ;
Et je seray mieux fait quand nous serons ensemble.

EUPHROSINE.

Dussiez-vous m'exposer au plus affreux trépas,
Je n'épouseray point ce que je n'aime pas.
Je vous en fais le Juge, & vous en croy vous-même.
Pourquoy m'épousez-vous ?

ESOPE.

　　　　　　　　Parce que je vous aime.

EUPHROSINE.

Hé bien, Monsieur, hé bien, puisqu'il en est ainsi,
Accordez-moy le temps de vous aimer aussi.
Puis-je venir à bout, quelque effort que je fasse,
D'oublier Agenor ; de vous mettre en sa place ;
D'immoler au devoir un si parfait amour ;
Le puis-je, dites-moy, dans l'espace d'un jour?
Je ne refuse point de tâcher à le faire :
Mais pour y réüssir le temps est necessaire.
Quand deux cœurs sont unis par des liens si forts
On ne les brise point sans d'extrêmes efforts.
A ma juste priere ayez l'ame sensible :
Si je ne les romps pas, j'y feray mon possible.
Sur vous seul desormais tous mes sens occupez....

ESOPE.

Levez un peu les yeux.

EUPHROSINE.

　　　　Moy ?

ESOPE.

　　　　　　　　Oüy. Vous me trompez.
Ce langage est trop doux pour être veritable ;
Et dans si peu de temps on n'est point si traittable.
Je penetre aisément dans vôtre intention.

DORIS.

Oh, Monsieur, là-dessus, je suis sa caution.
J'ay le cœur sur la langue, & jamais je n'affecte

ESOPE.

Tout franc, la caution m'est encor plus suspecte.
Je veux bien toutefois, pour contenter vos vœux,
Differer nôtre Hymen, & d'un jour, & de deux.
Je vous trouve si belle, & ma flâme est si forte
Que je puis en mourir de chagrin ; mais n'importe.

DORIS.

Plust aux Dieux !

ESOPE.

Plaist-il ?

DORIS.

Quoy ?

ESOPE.

Vous invoquez les Cieux.

DORIS.

Je dis que de la mort vous preservent les Dieux.
Quelle perte !

ESOPE.

Vraiment je vous suis redevable.

EUPHROSINE.

Un jour ou deux, Monsieur ! êtes-vous raisonnable ?
Pour un effort si grand, est-ce un terme assez long ?

ESOPE.

Et quel temps, s'il vous plaist, me demandez-vous
donc ?
Voyons.

EUPHROSINE.

Un an ou deux. Je ne puis moins prétendre :
Je suis jeune....

ESOPE.

Et moy, vieux. Je ne sçaurois attendre.
Avant qu'il soit deux ans, ridicule & Barbon,
Je voudrois bien sçavoir à quoy je seray bon ?
Qui me fuit maintenant, qui soupire, qui pleure,
En auroit dans deux ans une raison meilleure.
Differer de deux jours est tout ce que je puis :

Encor est-ce beaucoup dans l'état où je suis.
Si vous sçaviez....

EUPHROSINE.

De grace, ayez plus de tendresse.
Peut-on rien refuser aux vœux d'une Maitresse ?

ESOPE.

Je suis sourd.

EUPHROSINE.

Eh, Monsieur, ne vous prévalez pas
De ce qu'à vos desirs mon Pere tend les bras :
Songez que vous m'aimez, & que je vous en prie.

ESOPE.

Arrestez-vous. Je sens que j'ay l'ame attendrie.

DORIS.

Continuez, Madame, attendrissez encor....

ESOPE.

Amenez vôtre Pere, & qu'on cherche Agenor.
Je vous donne du temps, j'ay cette complaisance ;
Mais enfin, c'est un Pacte où je veux leur presence,
Afin qu'au bout du terme on en use si bien....

EUPHROSINE.

Ah, Monsieur, Agenor n'en fera jamais rien.
Luy me ceder ?

ESOPE.

Je veux qu'il vienne, & qu'il s'oblige...

EUPHROSINE.

Il ne le fera point ; je le sçay bien, vous dis-je.
Quand je l'en presserois je le ferois en vain.

ESOPE.

Si vous ne l'amenez soyez prête à demain.
Quelqu'un entre.

EUPHROSINE.

Ah, Doris ! c'en est fait, je suis morte.
Sortons.

DORIS bas.

Maudit Gobin ! que le Diable t'emporte.
Voilà pour Euphrosine un Amant bien tourné !

SCENE III.

PIERROT, COLINETTE, ESOPE.

PIERROT.

PAlfandié je reviens, je ne fuis pas damné.
J'ameine un Orphelin, qui n'a Pere ny Mere ;
Et que je fais nourrir par nôtre Menagere.
Il eft gras comme un Moine : il tette tout fon fou.

ESOPE.

Un bel Enfant !

PIERROT.

Ma femme, eft pardié belle étou,
Voyez.

ESOPE.

Elle eft Jolie, & paroît bien inftruite.
Pour un homme fi grand, elle eft un peu petite,

PIERROT.

De méchante denrée, & de mince valeur,
Tant moins que l'on en a, tant plus c'eft le meilleur.

ESOPE.

Il faut s'aymer, bien vivre, & l'Hymen en re-
vanche....

PIERROT.

Je vivons pardié bien. J'ons ce foir une Eclanche,
Auffi belle....

ESOPE.

Jamais ne vous querellez-vous ?

COLINETTE.

Non, Monfieur, Dieu marcy, Pierrot eft affez doux.
Il eft, quand il s'y boute, un tantinet yvrogne ;
Mais tenez, pour le refte il va droit en befogne,
Il n'a dans tout fon corps, pas un endroit malin.

ESOPE.

Et vous nourriſſez donc ce petit Orphelin ?

COLINETTE.

Oüy, Monſieur.

ESOPE.

Vos Enfans l'ayment-ils ?

COLINETTE.

Pour les nôtres,
Ils ſont devenus morts ; mais j'en referons d'autres :
Pierrot eſt jeune.

ESOPE

Hé bien, à quoy vous ſuis-je bon ?
Qui te fait revenir ; eſt-ce ta Charge ?

PIERROT.

Oh, non
Si je venons vous voir, c'eſt pour ce petit drille ;
Qui, s'il pouvoit parler, vous diroit qu'on le pille.
Comme il eſt mon Neveu, je ſomme un peu parens
Il avoit de bon Bien, pour huit ou neuf cens francs ;
Mais j'avons pour Seigneur, certain grand Eſco-
　　grife,
Qui de tous les Seigneurs a la meilleure Griffe ;
Et qui d'un petit Pré voulant en faire un grand,
Enchaſſi dans le ſien, le Bien de cet Enfant.
Tu ſçais cela par cœur, jaſe un peu Colinette :
Dy ce que c'eſt.

COLINETTE.

Monſieur, l'Orphelin qui me tette
Eſt un petit Marmot, que j'avons par emprunt ;
Avant qu'il fut venu, ſon Pere étoit deffunt.
Dés qu'on l'eut débardé, ce fut une Vipere :
Sa Mere le feſit, luy defeſit ſa mere ;
Et ſon trépaſſement luy laiſſi quelque Bien,
Que ce vilain Monſieur a bouté dans le ſien.
Il dit, bredi-breda, mais on ne le croit guere,
Qu'il preſti de l'argent à deffunt ſon grand Pere ;
Et quand je luy montrons que cela ne ſe peut.

Pour nous farmer la bouche , il nous dit, qu'il le
    veut.
Nos meilleures raifons font pour luy des vetilles:
Plus je trouvons de trous , plus il a de chevilles ;
Et comme il eft le Maître , & qu'il a du credit ,
D'une feule menace , il nous abafourdit.
Un Bichon, contre un Dogue , a peine à fe deffendre.
Si vous n'y boutez ordre , il eft homme à tout
    prendre.
Quand je l'alli prier d'un peu mieux en agir ,
Il me difi des mots , qui me firent rougir ;
Et comme je fuis douce , & qu'il a bonne gueule.... ;
Tien Pierrot , de mes jours , je n'y vas toute feule.
Un Loup dans un Troupiau n'eft pas plus mal-
    faifant.

PIERROT.

Rien n'eft mordié pour luy , trop chaud ny trop
    pefant.
Comme il eft le Seigneur , quelque chofe qu'il
    prenne ,
Il dit pour fes raifons , que c'eft un droit d'Aubaine,
Tous les jours de fa poche, il tire un droit nouviau;
Qu'on prenne une Ecreviffe , ou qu'on tuë un Moi-
    niau ,
Il fait tout fur le champ , dans fa furie extrême ,
Un biau Procez de Dieu , fût-ce à fon Pere même,
Il prend à toutes mains , & de toutes-façons.
Il vendroit , s'il pouvoit , l'Air dont je joüiffons.
Il nous difme nos Choux , nos Poiriaux , nos Ci-
    troüilles.

COLINETTE.

Les Foffez du Châtiau , font tout pleins de Gre-
    noüilles ,
Qui , par méchanceté , luy font un fi grand bruit,
Qu'il ne dort pas un brin , tant que dure la nuit.
Par un papier qu'il a , grifonné d'un Notaire ,
Il veut, bon-gré , mal-gré , que je les faifions taire ;

Et faute jusqu'icy, d'empêcher leur cancan,
Chaque Maison du Bourg paye un écu par an.
C'est un Dogue affamé, qui toujours mord ou ronge.
Empêcher des Crapaux de crier ! le pouvons-je ?
Dites-moy.

ESOPE.

De tout temps le foible eut toujours tort.
Le plus cruel des droits est le droit du plus Fort.
Il faut que le plus Foible ait dans son infortune,
Pour fléchir le plus Fort, trente raisons contre une :
Encor assez souvent, celles qu'il peut avoir,
Servent-elles de peu, comme vous allez voir.

LE LOUP, ET L'AGNEAU.

UN Loup se trouvant à boire,
    Où beuvoit un jeune Agneau,
Eut d'abord l'ame assez noire
Pour luy vouloir faire accroire
    Qu'il avoit troublé son eau.
    Qui te rend si temeraire ?
    Luy dit ce traître, en courroux.
L'Agneau, qui justement craint sa dent sangui-
    naire,
Prenant, pour le toucher, un ton flateur & doux :
Eh ! comment, Monseigneur, cela se peut-il faire ?
Je me suis, par respect, mis au dessous de vous.
J'ay toujours sur le cœur une vieille querelle,
    Répondit la Bête cruelle ;
Où tu te déclaras mon mortel ennemy :
Depuis six mois entiers j'en cherche la van-
    geance.
Je n'ay, répond l'Agneau, que deux mois &
    demy :
Comment pouvois-je alors vous faire quelque
    offence ?
Ta Mere qui me hait, & qui ne sçait pourquoy
                                Hier,

Hier, par deux Mâtins, me fit long-temps pour-
suivre.
  Ma Mere cessa de vivre,
  Quand elle accoucha de moy.
  C'est donc ton Pere ? Mon Pere
Du Boucher inhumain a senty la fureur.
  C'est donc ta Sœur, ou ton Frere ?
  Je n'ay ny Frere ny Sœur.
Oh bien, qui que ce soit, il faut que je me
  vange :
Je suis las d'écouter tout ce que tu me dis.
Lors, sans plus de raison, il l'égorge & le mange.
Force Grands font de même à l'égard des Petits.

N'est-il pas vray ?
COLINETTE.
  Pierrot, le joly petit Conte !
PIERROT.
Eh fi ! Mordié, le Loup devroit mourir de honte :
L'Agneau beuvoit à part, & ne luy disoit mot.
ESOPE.
Ma pauvre Colinette, & mon pauvre Pierrot,
Voila comme à peu prés, par le commun usage,
Font envers leurs Vassaux les Seigneurs de Village.
Quand d'un Bois, ou d'un Champ, il leur plaît un
  morceau,
Des Agneaux malheureux troublent toujours leur
  eau ;
Et pour peu qu'on resiste aux raisons qu'ils se for-
  gent,
Non contens de les tondre, on voit qu'ils les égor-
  gent.
Il sera bien-tôt nuit, & vous êtes de loin :
Adieu. De cet Enfant, ayez beaucoup de soin.
Je ne partiray point sans luy rendre Justice.
                              H

PIERROT.

Ecoutez, je sçavons comme on paye un sarvice;
Si vous en usez bien, à biau jeu biau retour.

COLINETTE.

N'allez point nous bailler d'iau benîte de Cour.
On dit qu'en ce lieu là l'on fait semblant qu'on
　s'aime;
Et que promettre, & rien, c'est quasiment de même.

ESOPE.

Allez, je suis sincere, & le suis en tout lieu.

PIERROT.

Adieu. Je vous quittons. Voicy du monde.

ESOPE.

　　　　　　　　　　　　　　　　　　Adieu.

PIERROT.

Mordié, plus je le voy, moins je devine comme
On a mis tant d'Esprit dans un si vilain homme.

SCENE IV.

DEUX COMEDIENS, ESOPE.

LE PREMIER COMEDIEN.

Monsieur (car par la Ville on dit publiquement,
Que vous ne voulez pas qu'on vous traite au-
　trement.)
Choisis par nôtre Corps, nous faisons nos delices
De venir vous offrir ses tres-humbles services.
Le soin de vos plaisirs conduit icy nos pas.

ESOPE.

Etranger en ce lieu, je ne vous connois pas,
Qu'estes-vous, s'il vous plaist ? Vôtre mine est si
　haute,
Que peut-être en parlant serois-je quelque faute.

LE II. COMEDIEN.

Comediens. Bien-tôt nous vous ferons connus.

ESOPE.

Comediens ! Ho ! ho ! foyez les bien venus :
Vous donnez des plaifirs dont je fuis idolâtre.
Hé bien , qu'eft - ce Meffieurs, comment va le
　Theatre ?
Combien dans vôtre Troupe êtes-vous d'Acteurs ?

LE I. COMEDIEN.

Trop.
Lors que moins on y penfe , il en vient au Galop.

ESOPE.

Tant mieux. A bien joüet le grand nombre s'excite.

LE II. COMEDIEN.

Tant-pis.　Car plus on eft, plus la part eft petite.

ESOPE.

La Scene eft plus remplie , & chacun prend des
　foins . . . .

LE I. COMEDIEN.

La Scene eft plus remplie , & la bource l'eft moins.
Pour peu qu'en ce Métier on ait le Vent en poupe
Quinze Acteurs, bien choifis , font une bonne
　Troupe :
Suivant leur Caractere ils ont tous de l'Employ ;
Pour bien joüer fon Rôlle on ne s'attend qu'à foy ;
Mais quand on eft beaucoup, d'un même Caractere,
Un Auteur en fufpens ne fçait ce qu'Il doit faire :
Sur qui que ce puiffe être où s'arrête fon choix ;
Pour en contenter un, il en chagrine trois ,
Et s'il faut m'expliquer à deffein qu'on m'entende ,
C'eft un petit Cahos qu'une Troupe fi grande.

ESOPE.

Avez-vous des Auteurs dans cette Ville-cy ?

LE II. COMEDIEN.

Oüy , Monfieur.

ESOPE.

Bons ?

H ij

LE II. COMEDIEN.

Eh, Eh….

ESOPE.

J'entens. Couci, couci.
Malheur à qui s'en mêle, & n'en est pas capable :
S'il n'a l'art de charmer il n'est point excusable :
Le severe Auditeur, pour un mot de travers,
Ne fait misericorde à pas un de ses Vers :
Il est si delicat que pour le satisfaire
Il faut du Merveilleux, ou bien du Necessaire.
Qu'on n'ait point de Pain blanc on en mange du bis;
De Velours, ou de Serge on se fait des habits ;
Parce qu'en quelque état que le destin nous range
Il faut absolument qu'on s'habille & qu'on mange :
Mais, du consentement de cent Peuples divers,
Rien n'est moins necessaire au Monde que des Vers;
Et par cette raison, qui me semble équitable,
Les passablement bons ne vallent pas le Diable.

LE II. COMEDIEN.

Nous representerons, quand vous nous viendrez
voir,
L'Ouvrage le plus beau que nous puissions avoir,
A vous bien divertir toute la Troupe aspire.
Quel jour choisissez vous ?….

ESOPE.

Je ne puis vous le dire.

LE II. COMEDIEN.

De grace….

ESOPE.

Je ne sçay quand j'auray le loisir.

LE I. COMEDIEN.

Un jour dans la semaine est facile à choisir :
Il nous est important d'avoir vôtre réponse.

ESOPE.

Pourquoy ?

LE I. COMEDIEN.

Par la raison qu'il faut qu'on vous annonce.

Quand vous nous viendrez voir, plus de monde y
  viendra,
Que tout vaste qu'il est nôtre Hôtel n'en tiendra :
Et comme un vray Phenix, unique en vôtre espece,
Ce sera pour vous voir plus que pour voir la Piece.
J'en suis sûr.

ESOPE
          C'est à dire, à parler nettement,
Que c'est moy qui feray le divertissement :
Et pour aller au but où vôtre Troupe aspire,
Vous tirerez l'argent, & moy je feray rire.
Je veux de m'annoncer vous épargner le soin.
C'est un honneur trop grand, & dont je suis trop
  loin :
Il n'est que pour les Gens du plus sublime Etage ;
Et qui n'est rien du tout, doit au moins être sage.
Nous avons en passant déchiffré les Auteurs :
Parlons un peu de vous. Estes-vous bons Acteurs ?
Je dis en general sans designer personne.

LE II. COMEDIEN.
Oüy, Monsieur, nôtre Troupe est vraiment assez
  bonne.
Non qu'on soit tous égaux, ne croyez pas cela :
Les uns sont merveilleux, & les autres....

ESOPE
                  Là, là
Je vous entens. La Troupe en public étalée,
C'est à dire, entre nous, Marchandise mêlée.
Ne vous figurez pas qu'en ne faisant pas bien,
Vous soyez épargnez, vous qui n'épargnez rien :
Pour reprendre avec fruit les sottises des autres,
Il faut avoir le soin de bien cacher les vôtres ;
Et ne pas follement s'exposer à l'ennuy,
De montrer ses deffauts en joüant ceux d'autruy.
Donnez vous au Public forces Pieces nouvelles ?

LE I. COMEDIEN.
Tous les mois.

ESOPE.

Ou du moins qu'on fait paſſer pour telles.
Depuis neuf ou dix ans, & cela n'eſt pas beau,
Vos Nouveautez, dit-on, n'ont plus rien de nou-
veau.
Qu'on annonce une Piece on promet des merveilles,
Qui de chaque Auditeur charmeront les oreilles :
Et quand pendant un mois on l'a proſnée ainſi,
On rencontre ſouvent ce qu'on va voir icy.

LA MONTAGNE QUI ACCOUCHE.

LE bruit courut un jour qu'une haute Mon-
tagne,
Dans une heure accoucheroit :
Chacun ſe mit en campagne,
Pour voir l'Enfant qu'elle auroit.
Mais ce Coloſſe affreux, dont l'orgueilleuſe tête
Alloit juſques au Ciel deffier la tempête,
Et de tous les Paſſans rendoit les yeux ſurpris ;
Trompant des Spectateurs l'ardeur impatiente,
Aprés une longue attente,
Accoucha d'une Souris.

Vous ne pouvez nier, tout Acteurs que vous êtes,
Que ce que je dis là ne ſoit ce que vous faites.
Qui de vous, je vous prie, eſt le Complimenteur ?
LE I. COMEDIEN.
C'eſt moy, Monſieur.
ESOPE.
C'eſt vous ?
LE I. COMEDIEN.
Moy-même.
ESOPE.
Ergo, Menteur

Celuy qui fait l'Annonce, & qui taille & qui coupe,
Est ordinairement le Menteur de la Troupe.
Il vaut mieux loüer moins, & ne pas tant mentir.
     A vous voir toutefois je veux bien consentir.
Mais quand j'iray chez vous joüez, s'il est possible,
Ce que dans vôtre Troupe, on a de plus risible :
Pour me laisser douter, fait comme je me voy,
Si l'on rit de la Piece, ou si l'on rit de moy.
Il n'est point, où je suis, de Tragique où l'on pleure.
Joüez vous tous les jours ?
LE II. COMEDIEN.
Oüy, Monsieur.
E S O P E.
                    A quelle heure ?
LE II. COMEDIEN.
Dans une heure au plus tard nous allons commencer.
E S O P E.
Voila le vray moyen de ne pas m'annoncer.
Messieurs, pour aujourd'huy je retiens une Loge.
LE. I. COMEDIEN.
On n'aura pas le temps de faire vôtre Eloge.
E S O P E.
Et m'en peut-on faire un à moins qu'il ne soit faux ?
Que l'on n'ait pas le temps de compter mes deffauts :
Cela suffit.
LE II. COMEDIEN.
Et quoy, vous êtes inflexible ?
E S O P E.
A vous servir ailleurs je feray mon possible :
Adieu. Je voy des gens, que j'ay mis en courroux,
Que je veux débaucher pour les mener chez vous.

SCENE DERNIERE.

ESOPE, LEARQUE, EUPHROSINE, AGENOR, DORIS.

ESOPE.

O Ca, je suis ravi de vous voir tous ensemble:
Parlons de bonne foy sur ce qui nous assemble.
Monsieur le Gouverneur, quel est vôtre dessein ?

LEARQUE.

De vous donner ma Fille.

ESOPE.

Et quand ?

LEARQUE.

Demain.

EUPHROSINE.

Demain!
Mon Pere, à mon égard, montrez-vous moins fe-
vere ;
Monsieur en use mieux, il consent qu'on diffère ;
Ma priere le touche, & rien ne vous émeut !

ESOPE.

Hé bien donc, à demain, puisque Monsieur le veut.

AGENOR.

Ne vous en flattez point, si vous n'avez envie
De m'arracher ensemble Euphrosine & la vie.
Je vois où je m'expose, & sçais vôtre credit ;
Il n'est rien, là-dessus, que je ne me sois dit:
Crésus ne voit, n'entend, n'agit que par vous-même;
Mais qu'ay-je à redouter si je perds ce que j'aime ?
Et que peut-il me faire, avec tout son pouvoir,
Qui soit pis que ma rage, & que mon desespoir ?
Monsieur le Gouverneur m'a promis Euphrosine ;

Et ce n'est plus à luy le bien qu'il vous destine.
J'ay receu sa parole, & je m'y suis fié.
                LEARQUE.
Il est vray ; mais Monsieur est privilegié.
                ESOPE.
Voyons donc, s'il vous plaist, quel est mon privi-
  lege.
Suis-je plus beau ? mieux fait ? noble ? riche ? en-
  fin, qu'ay-je ?
Parlez.
                LEARQUE.
    N'êtes-vous pas Favori de Crésus ?
                ESOPE.
Peut-être que demain je ne le seray plus :
Et comme la Faveur n'est qu'un éclair qui brille,
Qui passe rarement dans la même famille,
Elle a, quand elle change, un retour si cuisant,
Que la Faveur passée est un malheur present.
Agenor est bien fait, & vôtre Fille est belle ;
L'un est né Gentilhomme, & l'autre Demoiselle ;
J'ay fait de leur amour un severe examen ;
Ce sont les plus beaux feux que puisse unir l'Hymen:
Et je n'ay feint d'aimer, & de nuire à leur flâme,
Que pour approfondir ce qu'ils avoient dans l'ame.
Il me feroit beau voir, chargé comme un Atlas,
Faire le Soûpirant pour de jeunes appas !
Le seul âge inégal rend l'hymen miserable ;
Et si vous en doutez, écoutez cette Fable.

L'HOMME, ET LES DEUX FEMMES.

UN Homme des plus insensez,
A quarente-cinq ans, le cœur rempli de flâmes,
    S'avisa d'épouser deux Femmes :
Pour le faire enrager une c'étoit assez.

L'une avoit soixante ans, & l'autre vingt & qua-
tre :
Toutes deux à l'envy le vouloient à leur goût ;
Et souvent c'étoit à se battre
A qui mieux en viendroit à bout.
Pour le faire à leur badinage
L'une & l'autre n'oublioit rien :
La Vieille souhaitoit qu'il parût de son âge ;
La Jeune auroit voulu qu'il eût été du sien.
Tous les matins, sous un pretexte honneste
De montrer leur amour par de petits devoirs,
Chacune, en le paignant, arrachoit de sa teste
L'une les cheveux blancs, l'autre les cheveux
noirs.
Enfin chauve & pelé, sa presence importune
Le rendit par tout odieux.
Pour combler un Hymen de joye & de fortune
Il faut l'assortir un peu mieux :
Il étoit trop jeune pour l'une,
Et pour l'autre il étoit trop vieux.

✿

Monsieur le Gouverneur, vous me devez entendre.
LEARQUE.
J'accepte avec plaisir Agenor pour mon Gendre :
Vôtre approbation en augmente le prix.
AGENOR.
Je ne puis dire un mot, tant vous m'avez surpris !
Monsieur, c'est justement que chacun vous renom-
me :
Je doute que la Terre ait un plus honneste homme.
EUPHROSINE *à Esope.*
Vous voyez mes raisons pour ne vous point aimer ;
Mais je n'en ay pas moins pour vous bien estimer :
Je m'en fais un devoir que rien ne peut enfraindre.

E S O P E *à Doris.*

Vous, qui du Chat-huant n'avez plus rien à craindre....

D O R I S.

Oh, Monſieur, contre moy n'ayez point de courroux;
Tout le monde eût penſé ce que j'ay dit de vous.

E S O P E.

Fort bien. C'eſt s'excuſer d'une belle maniere !
N'importe ; oublions tout : rendons la joye entiere.
Loin de mettre un obſtacle à vos juſtes deſirs,
Je veux faire aux chagrins ſucceder les plaiſirs ;
C'eſt, en Amy ſincere, à quoy je m'étudie.
Commençons dés ce ſoir par voir la Comedie ;
Et pendant la Faveur dont m'honore le Roy,
Qu'aucun, avec raiſon, ne ſe plaigne de moy.

Fin du cinquiéme & dernier Acte.